JN047249

大人の流儀10

a genuine way of life by Ijuin Shizuka

ひとりをたのしむ

伊集院 静

講談社

ひとりをたのしむ　大人の流儀10

ひとりをたのしむ

ひとり——。一人、独り、孤りとも書く。

私たちはひとりでこの世に生まれ出て、最後はひとりで消え去っていく、と言う人がいる。

人間の誕生、死去の姿を見ればたしかにそうかもしれないが、それは目に映るものであって、私たちの本当の生きる姿を見ていない。

人は生涯の大半を、誰かとともに生きていく。それが人のごく普通の姿なのだろう。

人と人は出逢い、そうしてともに歩みはじめる。カタチこそ違うが、親子も、夫婦も、恋人たちもそうである。友情と呼ばれる歩き方もある。

この大人の流儀シリーズも、これで十回目になる。よく歩んできたものだと思うし、東日本大震災の只中からの執筆がひどく昔のようにも思える。この十年間でさえさまざまなことがあった。私にも、読者の皆さんにも、である。私でさえ、さまざまな別離があったし、悲嘆とまでは言わぬが、悲しいことも少なからずあった。

師が、友が、仲間が、後輩がひとり、またひとりと帰らぬ人になった。その度に何とか踏ん張るように自分に言い聞かせた。おそらくそうすることは誰も同じであったろう。踏ん張ろうともせず、ただ嘆いたり、うつむくだけでは何かが欠けており、前向きに生きるのが難しくなるはずだ。

たとえば親子の別離なら、子供がいつまでも悲しんでいては、親からしてもらってきたことに対して、非礼をしていることになるし、子の喪失を嘆いてばかりでは、少なくともそれまであったはずの楽しい語らいや、ともに見つめた豊かなものや美しいものの記憶が甦ることもなく、違った記憶ばかりをたどることになる。たとえ三歳の早逝でも、三歳なりの四季や楽しいことがあったはずだ。

大切なのは、出逢ったことである。たとえともに過ごした時間がわずかでも、出逢いはすべてのはじまりだから、何ものにも代えがたい。

前回の本では私なりに〝ひとりで生きる〟とはどういうことなのかを考え、文章にしてみた。その後、何か足りないものがある気がしていた。

足りないと考えていたのは、人によって敢えてひとりで生きることを選ぶ人たちがいるという前提で、その心理、そうした結果、起こることを何篇かの文章で考えようとしてしまった点だ。

しかし、それは大局で見ると間違いだった。敢えてひとりになるのではなく、人間にはひとりになる状況が否応なしにやって来て、ひとりで生きることと向き合わねばならないことが、実は大半なのだとわかった。

そのことを教えてくれたのは、コロナだった。コロナに感染した人は勿論だが、コロナをおそれ、注意深く生活する人が、実はひとりで生きるということがどういうことなのかを理解しなくてはならないのを、私は思い知った。コロナが私たちの隣りにいる以上、コロナをおそれ、コロナを遠ざけ、果てはコロナなんかに負けてたまるか、と歩き出す気力が、実は大切なことだと思い知るようになった。いっとき、〝ＷＩＴＨ　コロナ〟と唱える人々がいた。それが広がっているようにも思う。どうともに生きるかは、それぞれの人が行動に移せばいいだろう。

しかし私は、〝WITH　コロナ〟という発想は、今までも、今も、これから先も持つつもりはない。家族を、友を、師を、後輩を死におとしめたコロナと、ともに生きることなどできない。逃げ出したい気持ちになることはあるが、それでも逃げはしない。私はコロナに対しては常に前向きで、この感染症を見つめ続けようと思っている。

コロナを防ぐには、コロナに感染しないためには、他人、人と接触するのを徹底して避けることだが、私たち人間は他人と関わらずには生きていけない。

一人、独りで生きることには、忍耐が必要だ。忍耐は養わなければ成長しないし、耐えてみて初めて、同じように耐えている人がいることに気づく。

ひとりということをわかち合えないか？

ひとりで生きているからこそ、その人にしか見えない、素晴らしいものがあるのではないか？

――あの人もひとりで耐えている。

ひとりを経験したから、そう考えられるようになった。その心境を言葉に、歌に、詩歌に、舞台に、戯曲に、小説に、絵画に、彫刻に、舞踏に活かす何かがあるはずだ。
ひとりをたのしむことができたら、それはたぶん大きな一歩になるだろう。
この本のどこかに、それを解く何かがあれば幸いだ。

二〇二一年三月

仙台にて

ひとりをたのしむ　大人の流儀10［目次］
a genuine way of life by Ijuin Shizuka contents

帯写真●宮本敏明
挿絵●福山小夜
装丁●竹内雄二

第一章

過去を振りむいたところで

ひとりに慣れる

私たちがひとりということを自覚するのはどんな時でしょうか?

〝人はこの世にひとりで誕生し、ひとりで死んで行くのだ〟と言う人もいますし、その考えが正しいかどうかは別として、人など立って半畳、寝て一畳、その広さがあれば十分とサイズでたとえる人もいます。

私が自分をひとりと感じたのは、少年の日の午後のことです。朝から雨が降っており、外へ遊びに行くこともできず、かと言って友だちもいないので、私は軒下にしゃがみ込んで屋根瓦をつたって目の前に落ちてくる雨の滴を見つめていました。少しずつ足元に雨粒がこしらえた穴があき、小石によっては水晶のように真っ白に光り出したりしました。

その行為は少年の私にとって十分にたのしい時間でした。

姉の一人などは、私のその姿を見て、

「雨に濡れて何をしているのよ。バカみたい」

と呆きれていました。私に言わせると、情緒の欠けらもない姉たちでした。お手伝いの小夜が私を見つけて、

「風邪引きますよ。それにずぶ濡れになったら大将（父のこと）と奥さんに叱られますよ」

と注意しました。やがて母がやって来て、頬が付くほど顔を寄せて言いました。

「あなた、何をなさってるの？　それ、面白いんですか？」

うん、と私は大きくうなずき、光る小石を指さすと、母はそれを見て、

「アラッ、本当ですね。綺麗になるんですね、小石って」

と言いました。私は嬉しくなって母の顔を見上げ、そして顔を見合わせてうなずいたりしました。今思えば、このような母を持って私は幸せでした。小説を書いたり、詩歌を作ったりしているのも、母の影響がやはり大きいようです。

だからと言って私は読者の方に、雨の日、軒下に座りなさい、と言っているのではありません。どんな人であれ、ひとりの時に何かを感じたり、ひたむきに何かをした経験があるはずです。ひとりでたのしむためには、その何かが必要でしょう。

ひとりをたのしむ条件は、孤独に慣れること、ひとりを淋しいと思わないことと言われます。

――そうでないとダメなのか？

いや、それはまったく違います。むしろ、〝孤独感〟や〝孤愁（こしゅう）〟をごく当たり前のこととして受け入れれば済むことです。

それでも〝淋しがり屋〟という言葉があるとおり、淋しさが苦手な人はいます（実は多勢いるのです）。

同時に、ひとりにならざるをえない人も多勢います。また、敢えてひとりで生きようとしている人もかなりの数です。

では私の経験から、〝ひとりで何かをたのしむ〟ためにはどうすればよいのかを考えると、それには自分を肯定できる性格と慣れを持つことが大切です。

ひとりきりですることのほうが、何人かの人とすることより、良いところがきっとあるはずだ、そう考えるのもいいでしょう。

「ひとりをたのしむ」という言葉には少し欠点もあります。自分さえよければいいと聞こえかねないからです。

だから、ひとりをたのしむことができるのは、誰かの力ややさしさが介在しているからだ、ということを忘れないようにしましょう。

少年の私の雨だれの見物には、そこに目に見えない母の存在と、彼女の心のやわらかさがありました。

オーストラリアの大地に落下して、帰還した〝はやぶさ2号〟の光の軌跡はなんと美しかったことでしょう。

心配はいらない

新しい年に、去年より良いことがたくさんあってほしいと願うのは、人の皆望むことです。

今年こそ素晴らしい人と出逢えたらと思う気持ちも同じです。

去年一年はどんな年でしたか？　と尋ねられたなら、大半の人がコロナのことを考えざるをえないでしょう。

このような年は珍しい。私も七十年近く生きてきて、ひとつの病いが、それも感染症が世界中で、私たちの生活のそばに居続けたのは初めてのことです。

まずはコロナの犠牲になった方と、その人の家族にお悔やみを申し上げます。

私たちは否応なしにさまざまな悲しみを抱え込んで生きています。それでも、家族、近親

者を亡くしたことによる悲しみほど辛くて切ないものはありません。

いろんな言葉や行動で、知人、友人が慰めの言葉、慰める機会を与えてくれますが、それでも、当人の悲しみはなかなか軽減しないし、すぐに笑って歩き出すことなどできるものではありません。

しあわせはどれも似ているところがありますが、悲しみは、その大小にかかわらず、同じ表情をしたものはひとつもありません。それが当人を孤独にさせます。それが当人を頑なにさせることがあります。

そんな時、私はこう言います。

「〝時間〟というクスリが、やがてあなたの深い悲しみを少しずつやわらげてくれます。こう言っても、今は実感も、そんな予感さえしないでしょうが、これは本当です」

時間は、これを見たことがある人はいないし、私も時間を手にしたことも、背負ったこともありません。正体がわからぬものほど、怖くておそろしいものはないですが、時間は人を黙って見つめてくれている分だけ、そこに慈愛に似たものがあるような気がします。

新しい年も、私たちはコロナの存在を常に意識して生きねばなりません。

人類の歴史の中で、感染症が人間に打ち勝った例は一度もありません。感染症は、百年周期で流行するそうですが、そのたびに人類は、感染症を隅に追いやってきました。

心配はいりません。信じることです。

どんな時でも希望を捨てないことです。そうすれば、やがて光が見えてきます。その光に笑顔を浮かべた家族が、友人が、仲間があなたに声を掛けるでしょう。

頑張りましょう。今年はきっと素晴らしい年になるはずです。そうなるためには、そうするためには、今はいろいろ手一杯でしょうが、自分以外の誰かのために、誰かに向かって手を差しのべましょう。笑うことさえ辛い時にも、笑って声を掛けてくれた人々を私は何人も見てきましたし、その現場にも居合わせました。

そんな時、私はつくづく思いました。

「人間というのはたいした生きものなんだナ」

人間は素晴らしいナ、そう呟くことのできる、そう思える日々、時間がある年になるといいですね。

あなたの街の、元旦の空はどんなでしたか？　空は晴れていましたか？　澄んでいましたか？　どんな色でしたか？

少し曇っていたにせよ、みぞれまじりであったにせよ、私たちは歩まねばなりません。

若い人には申し訳ないですが、目の前に登り坂と下り坂があったら、一度は（いや二度でも三度でも）自分から選んで登り坂を歩きなさい。吹いてくる風が、頬や胸板にあたるなら、一度でも（何度でも）、むかい風に立っていることを学びなさい。

どうしてそんな辛い、苦しいことをしたほうがイイと言うのか。変でしょう？

でも登り坂を歩きながら、少しだけ息苦しさもある中で、もう一歩、いやもう一歩登ってみましょう。きっと何かが、そこにあるかもしれないから……。

むかい風に立っていると、誰かの声が聞こえる時があるそうです。

「頑張れ。少し見えづらいが、目を開いてごらん。何が見えますか？」

見えたものは十人十色、皆違っているそうです。でもたしかに何かが見える気がします。

私たちの生きていく道は、やってみなければ見えないもの、出逢うことがないものがたくさんあります。

さあ新しい年に、あなたは何をはじめますか。別に目新しいものでなくてもいいのです。

じっとしているより、一人で歩き出してみてはどうでしょうか。

一人でしか見えないもの、聞こえないものがたしかにあります。

一人で、この先を生きることの愉しみ、楽しさを見つけられるはずです。

新しい自分

私の父親はよく〝働かざる者食うべからず〟という言葉を口にした。

私は、父と向き合って話をしたことがほとんどない。

それでも少年の頃、私と弟の前で、

「いいか、どんな人も働かなくては生きて行けないんだ。まずおまえたち一人一人が手に職を付けて、生きていけるようにせねばならん。そうでなければ飯(まんま)も食べられんのだ」

と言ったことがあった。

父は仕事をしない人間を嫌った。

父は物乞いをしている人に、決して物を与えるんじゃない、とも言っていた。

一度、父の前に物乞いが座り、声を掛けたのを見たことがある。

「旦那、お恵みをして下さいまし」

子供の私には、その人がどこか身体が悪くて立ち上がれないように思えた。

すると父は相手にこう言った。

「なぜ、そんなことをしているんだ。どこか身体の具合いでも悪いのか？　歩けないのか？　なら立ってみろ。ほら手を貸してやるから立って歩いてみろ。足が痛いなら、病院へ行って治すなり、でなければ自分で歩く訓練をするんだ。そうして働くんだ。世の中には働き口はいくらでもある。その胸にぶら下げているものは何だ？　軍隊の勲章か。そんなもの捨ててしまえ。そうしてすぐに働き口を探しに行け」

相手は戸惑うような目をしていた。おそらく、そんなことを言われたのは初めてだったのだろう。そうして父は相手に金銭をいっさい与えなかった。

私は子供ごころに、その人を可哀相だと思ったが、反面、父は相手の身体がさして悪くないとわかっているのではとも思った。

私は世間の大半のことを、父と、母の二人に教わった。父と母は、世間に対する考えが正反対に思えることがあった。

毎年、夏の盆会（ぼんえ）に、家族全員が揃って、父が若い時に助けてくれた人がいて、その人の墓に参った。

子供たち六人は、その日が待ち遠しかった。別に墓参が好きだったのではない。その日が一年でただ一度、外食ができる日だったからである。〝お子さまランチ〟にちいさな旗が差してあり、普段、食べられない西洋料理が食べられたからである。

ところが、或る夏、家を出ようとしたら物乞いの男が母に歩み寄って来て、

「奥様、この間はありがとうございました。今日も何かひとつ……」

と言った。母は、むこうへ行って下さい、と少しあわてて言った。父がいたからである。

「おまえはこの男に何かを与えたのか」

「いや、夕食の残りものを少し」

「バカモノ！　あれほど、この連中に物を与えてはならんと言ってるだろう」

父は真っ赤な顔をして、車のエンジンを止め、さっさと家へ戻り、母を呼んだ。家中に父の怒鳴り声が響き、墓参も翌日になった。姉たちが言った。

「母さんが悪いのよ。父さんがあれほど言ってたのに……。せっかく外出着を着たのに」

私は母が彼等に握り飯を差し出したりするのを何度も見ていた。皆涙を流し、母にむかって手を合わせていた。

父の話もわかるが、母の行動もわかった。

冬になれば、街のどこかで〝行き倒れ〟の人が出ていた時代の話である。


妙な逸話を紹介したが、実は、先日、定年を過ぎて、やることがないと嘆く人たちと談笑し、私がいつまでも働けて羨しいようなことを言われ、何かいい方法はないか、と尋ねられた。私は正直に話した。

「私がこの歳まで仕事ができるのは、一作品を書き上げると、次はさらに新しいものと取り組もうとしているからかもしれません」

皆妙な顔をした。

永い歳月、懸命に働き、会社を去り、一人になった時に、やがてやって来る日々の切なさがある。そういう人たちにこう言う。

「六十五歳を過ぎて何かをしたかったら、それまで経験した苦労、辛さの何倍もの苦節の時間と対峙すべきです。〝ひとつのことを成し遂げた自分が今更なぜ、そんな苦労を〟という考えではダメです。最後の苦労をするのです。いや最後まで大変なのが仕事です。これまでの勲章を捨ててしまいなさい。それは過去のことであって、今日、明日からの日々の仕事や、生き甲斐とはまったく別のものです。ほんの一年か、一年半、苦労をしてみるのです。勿論、若い人に叱られることもあるでしょうが、その歳になったら年齢など忘れてしまいなさい。きっと何かを得られます」

今更という顔をする人もいれば、そうか、やってみるかという人もいる。

新しい考え方、新しい自分、新しい仕事と取り組むことは、そう易々(やすやす)とはできない。それでもやるしかないというのが私の考えだ。

この考えは、別に高齢者だけが発想するものではなく、若い社会人、中堅の人々、壮年の人々にも言えることだ。

「それは軍隊の勲章か、そんなもの捨ててしまえ。一人で歩くんだ」

今でも、その光景と、〝働かにゃ飯(まんま)は食えんのだぞ〟と言う父の声を思い出すことがある。

二人で過ごした時間

何年も先の仕事の打ち合わせをしていると、時折、そんな先の話（まあせいぜい五、六年先だが）をしているが、その時、私は生きているのだろうか、と思うことがある。

打ち合わせの相手は、皆、私より若く、歳下である。

——君たちは生きている自信があるんだろうナ。いや、たぶん君たちは生きていよう。

一方、私は、そんな先の話を、よく平然としているナ、と自分の中で、少し首をかしげているのがわかる。

平均寿命というのが、年に一度、発表されるが、大半の人は、平均より若いはずで、

——俺（私でもいいが）、そんなにまだ生きて行くんだ。

とおぼろに思う。

かつての私もそうだった。

ところが平均寿命より、歳が上の人たちは、あの平均寿命の発表をどう受け止めているのだろうか、と思うことがある。

——わしは（私でも）ずいぶんと生きておるな。

有難いと思う人もいれば、身体がどこか悪い人は、もうそろそろなんだろうか、と思ったりするのだろう。

東北一のバカ犬は、今年の誕生日に病院へ定期検診へ行き、先生から、「人間の歳で言えばノボ君はもう百歳ですね。ガンバリましょう」と言われたそうだ。

そのことを病院から戻った家人に言われ、あらためて、バカ犬をじっと見つめた。

「おまえ、案外と永生きだったんだね。私の予測では、喧嘩もするし、何でも食べようとする君が、三匹の中で一番早く、あの世へ行くかと思ってたよ」

バカ犬は、まだ一歳にならぬ頃、パルボウィルスに感染し、身体分ほどの血を吐き、九割方、死ぬというこの病気と闘い、奇跡のように快復した。

あの時の獣医が言うには、

「この犬はどんな状態でも何かを口に入れようとしていました。生命力の強さが、彼を生還させたのだと思います」

それを聞いて、たいしたものだと思うのと同時に、病気と闘った彼には悪いが、

——単なる喰い意地が、他の犬の何倍も強かったんじゃないのか。

と思わぬでもなかった。

この頃は、朝もなかなか起きて来ない。

私が仙台に居る時は、早くから、ぐうたら作家のいる一階へ行こう、と家人を起こそうとする。

しかし今年の盆休みは、起きて来なかった。

家人だけが階下にあらわれると、

「ノボは？」

と私は訊く。

「まだグーグー眠っていらっしゃいます」

「死んでるんじゃないのか？」

「大丈夫です。あれで、あのままあの世に行けたら、しあわせでしょう」

まだ夏は少し残っているが、なんとか今夏も越えられそうである（油断はできぬが）。

暑さに弱い。すぐに舌を出して、呼吸が辛そうになる。家人はバカ犬のために、部屋をできる限り冷たくして就寝するらしい。

今夏、家人が冬のパジャマを着て寝ているのに驚いた。

「暑くはないのかね？」

「ノボのためだから仕方ないでしょう」

いやはや大変である。

それにしてもよく食べる。放っておけばいつまでも食べるらしい。人間の老人に似て怖いと思うこともある。

バカ犬が仔犬であった頃、

「なんだ、この犬、毛がごちゃごちゃでおかしな犬だナ。あっ、待て、コラッ」

とまるで自分の悪口を言われたのがわかったように野球ボールを素早くくわえて走り出していた。

あの少年たちも、大人になり、今は社会人となって、どこかで世間の厳しい風の中を歩いているのだろう。

私は、この犬が我が家にやって来て、何冊の本を出したかはわからぬが、夜中、二人（もうこの表現でいいだろう）で過ごした時間がずいぶんとあった。

「ノボよ、今夜はあまり上手くなかったナ」

「おまえはイイナー、締切りがなくて」

「いや、こりゃ二日酔いじゃなくて三日酔いですナ。さっぱり頭が回転せんよ」

「スコットランドのゴルフコースをおまえに一度見せてやりたいよ」

「おまえ、父親になっていたら、どんな父親になっていたのかナ」

夜半、話し相手のいないぐうたら作家は、この犬にほとんど話しかけていた。

以前は目をかがやかせて話を聞いていたが、今はグーグー眠り続ける。

それでイイんだろうナ。

胸の内に止めて

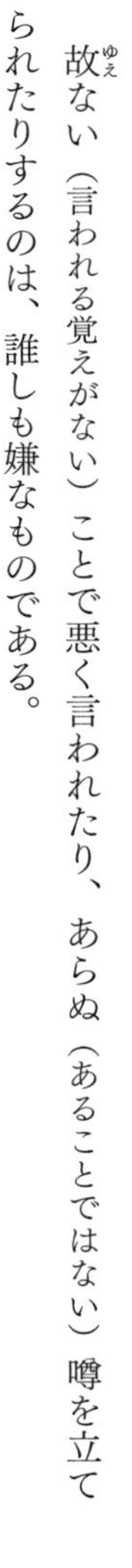

故(ゆえ)ない（言われる覚えがない）ことで悪く言われたり、あらぬ（あることではない）噂を立てられたりするのは、誰しも嫌なものである。

その流言が自分一人にむけたものではなく、家族、縁者をも悪く言われたりすれば、それが初めての経験であったり、当人が人一倍気弱な人であったら、どうしてよいのかわからなくなり、果ては精神状態がおかしくなり、寝込んでしまう人も少なからずいよう。

私は子供の頃から、他の子供よりそういう目に遭って来た少年であったように思う。

「おまえの家じゃ、犬を喰っとるんだって？」

小学校からの帰り道に、数人の上級生からそう言われた。私は六、七歳だった。

「そんなことはない」

私は否定した。しかし相手は、そうだと決め込んで、どうしても私に、そうだと言わせたくて、小突(こづ)いたり、胸倉をつかんで、そうです、と言えと、引きずり回した。

それでも私は、そんなことはせん、と言い張った。六、七歳の少年にとって同じ小学生でも年長者の少年たちは大きく見え、怖かった。おそらく半ベソを掻いていたろう。

相手は地べたに膝を落としている私にツバを吐き捨てて去った。

初めての経験だし、驚きより、恐怖心や切なさばかりがひろがった。

家に帰っても黙り込んでいた。

どうして急にそんなことを言われたのかもわからない。

のちになって、それが、父と母が半島から移民として来た家であることが原因だとわかるのだが、その夕暮れは辛(つら)かった。

夕食はいらないと告げた私のもとに、母が母屋（私だけ母屋を出ていた）からやって来た。

「どうしたの、その顔の怪我？」

「何でもない」

「何でもなくないでしょう。ちょっと待ってなさい」

母はヨードチンキを持って来て傷に塗りながら、喧嘩はダメだと言ったでしょう。相手の人を殴ったりしなかったでしょうね、といかにも私に非があるように言った。その言い方に腹が立って、下校の時の話をした。

「そんなことはないとちゃんと言ったの？」

「言ったら、殴られた」

「ひどい子たちね……」

「なぜ、そんなこと言われるんじゃ？」

「………」

母は少し黙っていたが、険しい顔で、

「そんなことはこの家ではありません」

怒ったように言った。

ほどなくして、今度は私の同級生の一人に、あいつのオヤジは人を殺した、という噂が出て、私は驚いた。友だちの家が母子家庭であるのは父親が刑務所に入ってるからと、誰がどうこしらえたのか（バカな大人の噂話を子供が聞いたのだろう）、教室で声をひそめて皆その話をしていた。

その日、家に帰り、その話を母にした。

母は裁縫していた手を止め、私の手を強く引っ張るようにして怖い顔で言った。

「そんなことがあるわけないでしょう。あなたは△△君を知ってるのだから、ちゃんと違う、と言ってあげたの？」

「…………」

私はうつむいた。母の言う、そういう考えを、その時は思いもしなかった。

「△△君とお母さんが可哀相でしょう」

彼の母親は、時折、手籠に入った和菓子を行商のようにして売っていた。母は、大変ね、と言いながら、それを買っていた。仲も良かったのだろう。

「もう二度と、人と一緒になって、そんなことを言わないと約束してちょうだい」

「わかった」

「よく覚えておくのよ。誰かを悲しませる嫌な話や、噂話があったら、あなたの胸で皆止めるの。この先ずっとそうして下さい」

以来私は、他人の噂話はいっさいしない。雑誌の中傷記事も読まない。

その類いのことに徹して来たら、普段どんなに人柄の良い人であっても、噂話をしている時の彼等の顔がなんとも醜いとわかった。

数十年過ぎて、本を読んでいたら、

『流言(りゅうげん)は、智者に止(とど)まる』(荀子)の一行を見た。

――なるほど昔からこういう考えがあったのか、と感心した。母が中国の古典を読んだかどうかは知らない(おそらく読んではいないだろう)。しかし同時に、母も同じように悲しい思いをした日々があったのだとわかった。

私は智者にはほど遠いが、流言を自ら止めることを守っている。

週刊誌も、昼間のワイドショーも、その内容の大半は、流言に似たものである。

日本人に限らず、人間は噂話や、悪口が好きでしようがない。人間はそういう生きものなのだ。私もそうだが、皆愚かなのである。

どれだけ愚かかって? あの上級生たちを少年は身体が大きくなった時、きっちり殴りつけてやった(こんなこと書くかね……)。

過去を振りむいたところで

人間はどこかで、己の安堵、こころが安住できるものを求める生きものなのかもしれない。

そのイイ例が、何かに自分が属していることで得る安心があるらしい。

田舎から都会へ出て来た人が、同じ故郷の人と、時折、逢って話をしたりするのも、そのあらわれだろう。

都会で感じる孤独のようなものは、故郷の人と話をしたり（酒を飲んでもいいが）、知人の消息を知って、懐かしい思いに、奇妙な安堵を覚えたりする。

東京、大阪、名古屋と言った都市に、必ず県人会なるものがあるのも、そのひとつなのだろう。

そういうつながりから、仕事や縁談がまとまることもある。

〝郷土閥〟という言葉を、学生時代に習った記憶がある。

私はこの〝郷土閥〟が苦手である。ところがこれを大事にする人が意外と多い。そういう人から見ると、年に一度の会合に何十年も欠席の返事しか出さない私などは、以っての外の人間の部類になるのだろう。

欠席の理由は、日々の仕事に追われて時間が取れぬこともあるが、そこへ顔を出し、話すことがないのである。

私は「あの頃は良かったナ……」などと語る神経が自分の中にない。

普段から、私は過去を振り返るということを一度もしたことがない。おそらく死ぬ間際でさえ、そう思うことはあるまい。

過去を振りむいたところで、何もありはしないのは本人が一番良く知っているからである。

――いやいや数々の文学賞を獲られて、今もそうしてご活躍じゃないですか。

と言われようものなら、本気で腹が立って来る性分である。それは同時に、社会に出て、今、敬愛したり、見習わねばと思う先輩、同輩、後輩、若い人たちを見ていて、その人たちが過去を振りむいている姿を一度として見たことがないからだ。

性分なのかもしれないと思うが、きちんとした人々を見ると、性分どころか、元々そういう発想を持たぬ人が大半のように思う。

〝郷土閥〟と同じかたちで〝学校閥〟というのもある。高校なり、大学が同じことが或る種の共通意識を持つことがある。

これもまた仕事、人づき合いの名目になり、現実、大切な仕事を成就させた例も多い。

この〝学校閥〟というのも、私にはまったくない。

なぜそういう感情になるのだろうか？

私は、おそらく〝属する〟ことが嫌いなのだろうと、自分では思っている。

なぜそういうことを嫌悪するのか？

〝学校閥〟で言えば、これを成立させているのは一流大学（東大でもかまわんが）の者が大半で、三流大学（何の基準か知らぬが）ではあまり聞かない。同時に一流に属してない人から見ると、排他的であったり、上から見られている嫌な感触があるのではないか。

己の力量でもない傘の下で、雨、風をしのぐのは大人の男らしくない。

ただこれは私の思いで、人間は何かに属していることで安寧を持つ生きものであるのはたしかなのである。

ただそこに属さない人（私もそうだが）から見ると、その集団は、やはり眉根にシワを寄せたくなるのである。

妙なことを書いていると思う。

ただ何人か、わかる人もいると確信する。


〝△△世代〟なる表現がある。

あれも聞いていて、嫌な気持ちがするし、同じ思いの人はいるだろう。

最近、女子のプロゴルファーで活躍している子たちを〝黄金世代〟と呼ぶらしい。

ゴルフマスコミは、何かを言い当てたように口にするが、そこに属していると本気で思っている女子プロは一人もいないはずだ。

マスコミは昔から総論、もしくは断定を好むし、そういう発想を持って、取材対象を見る。その方が世の中を語っていると勘違いをしているからだ。

〝松坂世代〟というのも、時折、聞く。同じ世代だからという理由で「あなたも松坂世代ですからね」などと言われて、喜ぶプロ野球選手は一人もいないと思う。プロはそういうことを一番嫌う。

〝団塊の世代〟という言葉があった。これを聞いた時、つまらない表現をしたものだ、と呆きれた。そんな世代に逢ったことは一度もない。しかしマスコミの大半は、的を射たように使った。文章の程度が(能力が)悪いのである。人間はまず一人であることを尊重せねばならぬ。それが礼儀である。

先日、ゴルフコースの大きな池に、私のボールが水しぶきを上げ、むこうのホールから打ったゴルファーのボールも、その池に入った。

「おんなじようなバカがむこうにもいたか」

これは違う属し方で、愛嬌がある。

孤独と不安

本、書物にも、人間と似て、その生涯のようなものがある。

では人と同様に無事生涯を終えることができたら、その本は幸せだったのかもしれない。

私が上京中に宿泊するホテルは、神田、神保町の〝本の街〟に近いので、散歩がてら外へ出ると、どうしても書店、古書店の前を歩くようになる。

古書店の店先にはワゴンに乗せられた古本が並ぶ。どれも一冊、百円ぐらいで、安いのは三冊で二百円というのもある。その表題を見ていると、どれもかつては、その時代に話題になり、売れたものが多い。時折、その本を手に取って宿に持って帰ることもある。

変わった本では出版して十年以上過ぎてから急に売れ始めるものもある。去年の暮れ、私の著書にも、そういうものがあった。『羊の目』（文藝春秋）という作品で仁俠小説だった。

文庫本にもなった。これが人の噂で急に売れ始めた。少し驚いた。さらに変わった例だと、十年も前に出版した本の中のひとつの短編が、絵本になって売れ始めるというのもある。『親方と神様』（あすなろ書房）という絵本だ。どちらも著者にとっては嬉しい話である。

先日、仙台の自宅に帰って、家の書棚を見てみると、処分してもよかろうという本がかなりの数あったので、できるうちにそうしようと思った。

生家には三、四千冊もある。こちらは学生時代から作家になる以前まで読んだもので、母と妹が整理してくれたから、いまさら処分とは言い出しにくい。とはいえ、本は人に読まれてこそ生きるから、どうにかせねばならぬ。

詩集もかなりの数がある。詩集の処分は、どうも簡単にできそうもない。大学の野球部の寮に詩歌全集を母がダンボールに詰めて送ってきて、先輩やら同級生に「詩を読んで野球の何の役に立つんだ？」と聞かれたことがあった。答えようがなかった。

私が現役の野球部員だった頃、夕暮れの新宿の街で、詩集を売っている若い女性がいた。勿論、その女性の書いた詩集だった。何冊かを買って野球部の寮に持ち帰ると、先輩からおかしな目で見られた。

ヨーロッパの人々は、哲学者と詩人を大切にする。そのあらわれかもしれないが、一度ラグビーのニュージーランド代表の若者が彼の財布に一行の詩文が書いてあるのを持っていたのを見て感心したことがあった。

世界は近代を迎えて、産業や農耕の発展を遂げたが、同時に大戦が勃発し、農民、市民(特に若者)を戦場へ送るようになり、それまでにはなかった悲劇を生んだ。

戦場へ行った若者は、勝敗を経験することはほとんどない。戦場で過ごしている時の大半の時間に出逢うのは、〝孤独〟と〝不安〟である。孤独と不安を慰めてくれるものが小説であることはめったにない。やはり、詩の一行が、故郷の歌の一行が、若者を、市民を慰めた。

人は独りになって初めて、自分が何者なのかを考える。独りになって初めて、己以外の誰かのぬくもりを求める。

人は、独りではなかなか生きてはいけない生きものである。

コロナウイルスの猛威が全世界、そして日本を襲った。

その間、人々は独りを知り、一人一人の行動が他人を救うことになる。第二波、第三波が襲っていると言うが、コロナが何かを仕掛けているのではない。すべて私たち人間の心の緩みが、感染を拡げているだけなのである。

冷静に対処すれば、コロナは必ず追いやることができる。必要以上に怖がってもいけないし、もう大丈夫だと身勝手に判断してもいけない。笑って過ごせる時が来るまでは我慢が大切だ。

感染を未然に防ぐには、独りで過ごす時間に慣れることである。

読書も良かろう。現代人は、いつ頃からそうなったのか、新しいものばかりを追う傾向にある。私は若い頃、教師にこう教わった。

「良い本、良い小説は、一度読み終えてから、十年後、二十年後に読んでみると、初めて読んだ時には発見できなかったものを見つけることができる」

人が生涯で何度か読んだ小説は、やはり良い小説なのだろう。

詩集などはその典型で、何度も読んでみると、ある時、身体の奥に、詩の一節が沁み込むように入る時がある。

それは友人との再会に似て、人も書も、接する側の成長によって見え方、読み方が違うからかもしれない。

大切なこと

どんな人も必ず失敗をし、誤ちを犯す。

生まれてこのかた失敗をしたことがない人などいない。

大切なのは、失敗をした時、どうするかである。

どうするかというのは、失敗を取り返す方法を言っているのではない。

失敗をどうとらえるかだ。

大切なのは、まずは失敗を認めることだ。

失敗の加減にもよるが、何とか誤魔化せたり、その失敗を他人が、誰も気付かない場合も多々ある。

何人(なんぴと)も気付かなければ、失敗ではないのか。

それは違っている。

失敗を認めてから、見えるものがある。

何が見えるか？　それは人それぞれ違う。

違ってはいるが、共通したものがある。

それは、自分は失敗をした、失敗とはこういうものなのか、とわかる点である。それは同時に、失敗をした人はこういう心境なのかということも理解することである。

そうすれば自然と、失敗した人を見ても、笑うことはないし、むしろ、皆同じなのだとわかって来る。

ここからが肝心なのだが、

——なぜ失敗をしたか？

これを考えるのが大切である。

先達の技術者で言うと、エジソンは、この失敗の原因を突きとめるために、人生の大半の時間を費やした人である。

エジソンのしたことを見ると、さまざまな発見、発明をした人のように思えるが、実のところは、くり返し失敗をし、くり返しその原因を究明し続けたのである。

これは技術者のケースだが、経営者や、企業の中での部、課、チームにも言える。

意外と思われるが、文章を書く上でも、失敗はかなり起こる。

創作、創造を才能や、天賦のものがこしらえると考える人が多いが、それは違う。失敗の積み重ねが、わかり易い文章を作ってくれる。才能がかかわるのは、ほんの一部でしかない。

今、述べていることが、真実に近いものであるなら、一番注意、警戒しなくてはならないのは、失敗を知らない人、失敗をしたことのない人である。

歴史を見ても、その類いの人間が権力を得たり、富を得ると、おぞましい悲劇を迎えてしまう。多くの人が犠牲になる。

企業などは、その典型であろう。

失敗しない企業などあり得ない。むしろ失敗をくり返して来た企業は強靱なものを身に付けている。

失敗をおそれない人、失敗をおそれない企業、失敗をおそれぬ行動は、やはり強い。

若い人たちの失敗に寛容な大人がいることは、国家にも、共同体にも、企業にも大切なことである。

よく〝挑む〟とか〝チャレンジ精神〟と言うが、この行動の最大の成果は、未知の領域に踏み込むという点である。

まだ誰も踏み入れていない場所を進むことには、誰も知らない故の、孤独感、おそれがともなう。

実は、この孤独感、おそれが、人間の思考能力、とぎすまされた第六感のようなものを身に付けさせる。

「やってみなはれ」という関西弁がある。

この言葉の背後には、それをやらないで立ちつくすくらいなら、やってみる方が何かを見ることができるかもしれないし、何かに出くわすことがあるのではないか、と言う、前向きな姿勢がある。

できるか、できないかということを思いあぐねても、その先のものは見えない。

できるか、できないかは、やはりやってみるしかないのである。

失敗は、人間の細胞に似ているのかもしれない。

六十兆個とも言われる人間の細胞は、常に変化し、消滅することをくり返しているそうだ。極端に言えば、一ヵ月前の私とくらべて、今日の私は半分以上が新しい細胞で、そこに立っていることになる。若い時代は、その入れ替えが激しいと言う。

若い人は、たくさん失敗しても、その失敗によってあらたにあらわれたものの方が、はるかに素晴らしいものを持っているはずだ。

少し回りくどい話になったが、「若いうちは失敗してもいいから、やってみなさい」ということである。

いつか笑える日が来る

どうにか、この夏は越えられそうである。

——何がですか？

東北一のバカ犬の健康状態である。

三年前から、今年はもうダメだろう、と繰り返してきたのだが、何とか踏ん張ってくれている。

私が仙台の家に戻って、あとからバカ犬が昼寝を終えて（彼は昼間、お手伝いさんのトモチャンの家で休む）玄関に入るなり、ウォ〜ンと吠える。私の匂いを察知して、アイツが帰ってきているじゃないか。この野郎、今まで、どこへ行ってやがったんだ！　ウォ〜〜ンという感じである。

もう十七歳である。人間の年齢で言うと、百歳を越えているらしい（なんでいちいち人間の年齢に置き換えるのか、私にはまったくわからない）。

今から十八年前、一頭の仔犬が我が家にやってきて、たちまち家の中の暮らし振りが変わった。アイスと名付け、家人が仔犬の母親がわりになり、その上、散歩の途中で知り合ったアイスと同じ歳の犬の飼い主の若いお嬢さんが、いつしか我が家の掃除、洗濯をして下さるようになった。

トモチャンである。

福島県原町出身のお嬢さんである。

トモチャンの犬はラルク。おとなしくて、ぼんやりしていて、育ちのイイ犬である。このラルクとアイスが親友になった。たちまち家の中は二匹の犬の遊び場になった。

今でも思うのだが、ラルクという犬は、我が家の我儘（わがまま）犬のアイスにもやさしく、後年あらわれる東北一のバカ犬にもやさしかった。品のイイ犬であったし、どこか福島のお坊ちゃんのようなところがあった。

二匹の犬が元気に遊ぶ日々が二年過ぎたあたりで、私は家人のアイスへの溺愛振りや、犬を中心とした生活のしかたを心配するようになった（どちらか死ねば大変だ……）。

「もう一匹飼いなさい」

家人とトモチャンは犬屋さんを見て回った。

なかなかイイ犬は見つからない。

「ともかく探しなさい。私が帰国するまでに」

かくして長い海外取材から戻ると、一匹の、決して可愛いとは言えない仔犬がいた。

「一ヵ月ずっと売れてなかった犬なんです」

「それがイイ。その仔を買いなさい」

初めて逢った日、庭に家人が育てたバラがようやく咲いた午後だった。

手の上に載せると、野球のボールより軽い。たしかに売れ残っていただけのことはあり、へちゃむくれの顔に見える。それでも瞳の輝きはきちんとしていた。

犬を手の中に抱き、庭へ出た。クレマチスの花が香るばかりに咲いていていた。

私は仔犬の目をじっと覗き込んだ。私の目が怖かったのか、少しちいさな身体が震えている。

初めまして　飼い主です　クレマチス

これがバカ犬に最初に詠んだ俳句だ。

パルボウィルスに罹り、自分の身体ほどの血を吐いたこともある。ヤンキースの松井秀喜さんも、バカ犬の無事を祈ってくれた。

祈りのホームランか、バカ犬は奇跡的に快復した。

家人が言うには、

「ノボ（バカ犬）も、あなたも、生きようという気力と体力があったんです」

東日本大震災の折は、余震のたびに私の腕の中で震えていた。

——大丈夫だよ。私はここに居るから。

犬でさえ、さまざまな試練がある。

コロナぐらいで、へこたれてはイケナイ。

昨夜、ようやく、朝の光が仕事机の上に差し込むまで執筆をした。

——ああ、清々しいものだナ。原稿用紙に朝の光が当たるのは……。

アイスとラルクは先に亡くなり、今はバカ犬だけが、仙台の家を守ってくれている。

帰る度に、バカ犬が吠えてくれる。それがどれだけ飼い主にとって嬉しいことかは、犬を飼った人でなければわからない。

コロナで大勢の人が亡くなった。若者はさぞ大変で辛かろうが、嘆いたり、愚痴を零してはイケナイ。

それは君達に与えられた運命であり、過去に同じような経験をした人が驚くほど大勢いる。その人たちが諦めなかったから、私たちは、今こうしているのである。

もう少しの辛抱である。皆で踏ん張り、乗り越えて行くしかない。

笑える日は必ず来る。

――なぜ、そう言えるのですか？

そうでなければ、今、私たちはここに生きていないからである。

ノボ！　やれるまで、登り坂も、むかい風にも歩いて行こうぜ！

第二章
苦しい日々もいつかは

雨の坂道で

ようやく東京の仕事場の机の上が片付いてきた。

退院してしばらくは、机に着くことがなかった。

――そんなにすぐに仕事をはじめなくていいですよ。ゆっくり再開すればいい。仕事量も以前の半分、いや十分の一くらいでいいんじゃないですか。

だいたいの編集者たちがそう言った。

倒れる直前の私は、日本で一番仕事をやる作家だったらしい。

当人は、そんなことを思ったことはない。

一日に二、三の締切りがあった。

それでも原稿書きに追われることを、苦に思ったことはなかった。

――働かざる者食うべからず。

少年の時代から、母やお手伝いの女性がそう口にしていた。

生家はちいさな港町の一角にあった。

〝遊び人〟と呼ばれる人は少なかった。

それでもたまに、二の腕のあたりに彫りものを覗かせた、チンピラ風情の色男が通りを歩いていた。

「嫌だわ、あの人遊び人よ。昼っからぶらぶらしちゃって」

と近所の女衆が言うと、母はチンピラには目もやらないで、独り言のように〝働かざる者食うべからず〟と言って、近づいてくる遊び人を牽制（けんせい）していた。

それが少年の私のどこかに植え付けられていたのか、私は社会に出て、ぶらぶら生きることをしなかった。

今朝、担当のH君から連絡があった。

「午前中までに原稿を入れて頂ければ助かります」

「あっ、そう。わかりました」

そう返事をして、一時間もしないうちに原稿を書き上げた。

しかし、この数ヵ月、仕事をし過ぎないように……、と言われ、すぐ仕事に取りかかれなかった。

二時間ベッドで天井を眺めていた。

ところが、今日はやる気が起こらない。

起き出して、昼食に行くことにした。

歩きながら、何を食べるか考えたが、これといってなかった。

ともかく外へ出て坂道を下った。雨がポツポツ落ちはじめ、坂を登ってホテルで傘を借りた。

雨の坂道を傘を差して歩くと、少年時代を思い出す。

傘が上手く差せなかった。両肩がずぶ濡れになった。

「あなたは頭の中心に傘を差してないのよ。だから雨が衣服に落ちるのよ」

「…………」

私はのんびりしていて、〝のんきな父さん〟と呼ばれていた。それに雨が好きだったので、ずぶ濡れになるのを、気持ちのどこかで嬉しがっていた。

「ああ、そんなに濡れて帰って。女将さん（母のこと）に見つかったら叱られますよ。早くお風呂場へ行って下さい」

風呂場の中にフルチンで立っていた。

あの頃はどこの家にもシャワーなんぞなかったから、五右衛門風呂の残り水を盥で掬って身体を洗った。そんな時にかぎって、父親が早くに家に帰ってきて、

「何を真昼間から男が風呂場にいるんだ?」

と怖い顔で言われた。

歩いているうちに腹が減ってきた気がした。

靖国通りを歩いて、この先の小川町に蕎麦屋があるのを思い出し、そちらにむかった。

そういえば以前、雨の日に傘を差したまましゃがんで、鍛冶屋の仕事を半日見学したことがあった。

赤くなった鉄、主人が器用に足元で動かす鞴の音と鉄を打つ鎚の音……。

学校へ行く途中に、少年の私はそうしていた。やがて夕暮れになり、生家では私の行方がわからなくなり、大騒ぎになったらしい。少年は鍛冶屋の前に置かれた傘の中にすっぽり居たのだから、見過ごすはずである。

「やっぱりここだ」

お手伝いのサヨが、最後の最後に鍛冶屋のことが頭に閃き、辿り着けた。鍛冶屋の前に十数人が集まっていたそうだ。

驚いた鍛冶屋が表へ出た。母が事情を説明すると、鍛冶屋の主人が母を叱った。

「雨の日に子供から目を離すと、流されるぞ」

ひと昔前まで、雨の日、風の日に大人たちは格言を持って生きていた。

少年の私は、どうも鍛冶屋になりたかったようだ。

鍛冶屋にはなれず、作家になった。

「そんなにずぶ濡れでも、鍛冶屋は面白いの？」

母が私に聞いたが、

「…………」

少年の私は、それを上手く話せなかった。

まだ君は若い

新天皇の〝即位の礼〟が行われている昼過ぎに銀座へ出かけた。

その日までの二週間、銀座のデパートで、私の展覧会が催され、その最終日に、大学の先輩で、広告界の大先輩であるM氏が夫人とともに見えるというので、会場へ行き挨拶をしなくてはならなくなったからだ。

M先輩は日本で一番大きな（一時は世界で）広告代理店のトップを長くなさり、今は相談役でゆっくりされている。

M先輩も夫人も、私と同じ大学の文学部で学科も同じ（日本文学科）という縁で、親しくさせてもらっている。

M先輩は薩摩の人である。これまで私はどういうわけか薩摩の人に世話になることが多かった。薩摩の男には、或る共通点がある。

それは男振りを大切にすることだ。こまかいことは言わない。一度こうすると決めると最後までやり通す人が多い。あとは人、約束を裏切ることがない。見ていて実にあざやかである。

M先輩は今年八十歳で、先日、首の手術をされた。生き方が前向きな人である。

ひさしぶりにお逢いしたら、即言われた。

「伊集院君、半年したら首も何とかなるからぜひゴルフで戦いましょう」

若い時はシングルプレーヤーでならし、今も神奈川の名門コースの理事長をされている。

奥さまとは初対面だった。大学の同級生で結婚をなさり、二人とも仲睦まじい。

「伊集院君、いや驚いたよ。君が絵と書をあんなにやるとは」

「いや子供騙しの、紛(まが)いものです。申し訳ありません」

今、考えても、どうして展覧会など引き受けたのか、悔んでしかたなかった。途中何度も、やはり無理です、と中止を申し入れたかったが、どんどん企画が進み、今さらやめると言えなくなった。

何が困ったかと言うと、展覧会なのに展示するものがまったくないのである。

「生原稿などは？」

「年末にいつも燃やしてます」

「何かお宝は？」

「あるわけないでしょう。私は物を持たない主義ですから、人に自慢できるものは何ひとつありません。えっ、有料なんですか。そりゃダメだ。詐欺になる」

それでもスタッフはあきらめず、田舎の高校の恩師（亡くなられて夫人が一人暮らし）の家にある高校時代の絵を、家まで見に行ってしまうわ、友人、知人、先輩からコメントを貰いたいと言い出すわで、私はますます逆上し、デパートだけ火事にならないものかと妄想までした。

すべて多忙な人ばかりだ。この場でお礼を申し上げるのはイケナイことだが、長嶋茂雄監督、北野武監督、井上陽水さん、山下達郎さん・まりやさんご夫婦、井上雄彦さん、武豊騎手、松井秀喜コーチ、阿川佐和子さん、文壇では北方謙三氏、大沢在昌氏、桐野夏生さん、角田光代さん、道尾秀介さん、島田明宏さん、故人では黒岩重吾氏、久世光彦氏、立川談志師匠、そして誰より長友啓典大兄、現役では福山小夜さん、井筒啓之さん、プロ雀士の前原雄大さん、挨拶までしてくれた小泉進次郎さん……皆さん本当に有難うございました。

この日の夕方、最終日のお客さんが出て行った後の会場で、初めて展示したものやコメントを読んで、これは大変なことをしでかしたとあらためて思った。鳥政、くわ野、バー井上といった銀座の店にも礼を言わねばならない。方々へのお礼だけで一年かかるんじゃないか……。

最後にスタッフの人と記念撮影をして銀座を出た。

地下鉄の中でぼんやりと考えた。

それはこれまでの自著が並べてあるコーナーを見た時、もっときちんとした仕事をしなくては、このままじゃイカンナ、という気持ちになったことだった。

亡くなった弟の幼い時の写真や、父親と写った六歳の自分を見て、何やら、家人が最初に言ったように「展覧会って、まだ若いのに……」と心配そうな顔もよみがえった。

生まれて初めてデパートに一日に二回も出かけた。

どこか災難の中に身を置いているような二週間だった。

思ってみても

我が家の犬が体調を崩し、二週間余り、東京から彼の様子を家人に尋ねる日々が続いた。

帰仙して、具合が良くない時、数日ともに過ごしたが、やはり元気がなかった。それでも私の顔を見ると、尾を振り、遊び相手になってくれという意志を示す。

彼が元気だった頃に好んだボールやぬいぐるみを、目の前に転がしたり動かしても、反応ができない。切なくもあるが、受け入れるしかない。心配なまま上京した。

昨日、「ようやく戻ったみたいです。食事も自分から食べに行き出しましたし、外の気配も窺(うかが)うようになりました」と家人から連絡があり、ひと安心した。

人間の年齢で言えば百歳になるのだから仕方がない。

私はこの犬が、物思いに耽(ふけ)っているような仕草、表情をしているのを見るのが好きで、そ

っと隣りに座り、私も当面、片付けねばならぬことを彼と二人で考えたりした。

私は何事かを頭の中で整理をする時、独り言をつぶやくらしい。

「それでいいのかもしれないな……」

「そうは上手くは運ばんだろう……」

そばで聞いている人には何のことかまったくわからないが、当人は、頭の中を少し整理して、およそのカタチを見つけ、その答え、方針に対して、もう一人の自分が反応していることだから、おかしなことではない。

ただそういうことを家族の前で、ましてや他人の前でやると、「この人、大丈夫？」と思われるに違いない。

ノボ（犬の名前）は違う反応をする。

「どうしたの？」

という表情で私を見返す。私は彼の表情を見て、こう言ってしまう。

「いやいや、私にもいろいろあってね。考えても仕方ないことを、ついつい考えたり、思いあぐねるのさ。人間も結構大変なんだよ」

するとノボは、ふぅ〜んという顔をする。

「まあいいか、ともかく書いてみよう。おまえはまだ少しここで哲学をやってろ」

こういう会話を十年余り、彼として来た。

カント（哲学者）なんぞでわからぬ一節が出て来ると、それをまるまる読んで聞かせた。

「どう思う、この一節、よくわからんのだよ。ぐうたら作家には……」

五十歳代の半ばから、数年、月に一度故郷の近くに住んでらしたM先生の下へ、カントを教わりに通った。先生の授業（一対一の授業だが）は厳しく、「そんなこともわからないようでどうするのですか？　前回のテキストの復習をきちんとしたのですか」。

私が冷や汗を掻きながら、「こういうことでしたか？」と言おうものなら「忠来（私の本名）、そういう思いつきを口にしてはダメだ。思索の形跡が皆無じゃありませんか」。

私は吐息を押し殺し、必死で考え、問われている事の答えを見つけようとしていた。

先日、デパートで展覧会をした折、私が高校生の折、描いた油絵をM先生の奥さまが提供して下さって、これも忠来には大切なものだったはずなので、とその授業の際に先生が自ら作った十数冊のテキストも一緒に送ってくださった。今も私の手元にはそのコピーがある。

先生の自筆をこうして読むのは初めてだった。読んでいて目頭が熱くなった。入退院をくり返していた先生は、

――命懸けで私に教えようとされていたんだ。

とその時、あらためて（いや初めて）知った。

――バカだな、俺って奴は……。

そう後年になって思うことが、私には度々ある。父が激怒して青二才の私に伝えようとしたことや、母が笑って私に言ってくれたことが、少し考えれば、その底に揺るぎないものと、親の切なさがあったことが理解できなかったのである。前妻の病院での必要以上の明るさもそうである……。今は連絡を入れる度に家人から言われる。

「短気を出してはいけませんよ。他人を決して呼び捨てにしないように」

まるでダメな子供が注意を受けているようである。

展覧会が終了し、M先生の家に二点の油絵とテキストが無事に返還されたのを報（しら）せた手紙が奥様から届いた。

「忠来はまだか？」この大声が家に響く度、主人はまだまだ生きてくれるはずだ、と思っていた主旨のことが書いてあった。

私は先生の家まで車で送ってくれるという野球部の後輩の気遣いを断わり、田舎の空港から先生の家の近くまでのバスの中で、テキストを声を出して二時間余り読んでいた。

私を待ってくれている七十歳の先生。怒られないようにテキストを読んでいた五十五歳の私。今思えば、あんなに素晴らしい授業を受けた自分はしあわせな生徒だった。

来月、帰仙したら東北一のバカ犬にカントを読んで聞かせよう。

命を拾う

ひさしぶりに朝早く起きるのが愉しみになった。テレビで全米プロのゴルフ中継を見るためである。正確に言えば松山英樹選手のプレー振りである。

この二十年さまざまなプロスポーツの分野で、日本人が海外で活躍をしはじめた。

私の中の一番は、アメリカメジャーリーグのヤンキースのコーチ陣の中枢にいる松井秀喜さんである。ワールドシリーズのＭＶＰである。これはおそらくもう二度と出ないかもしれないが、マー君（田中将大氏）はわからない。彼は素晴らしい投手だ。

今はプロバスケットボールの八村塁（るい）を評価する人が多いが、彼はまだ新人である。

松井秀喜氏の次に来る日本人のプロスポーツのスターは、私は松山英樹氏だと思っている。２０１５年からの彼への期待度はアメリカの評論家をはじめ、たいしたものである。

――松山英樹の何が素晴らしいか？

それは松山には同年代の中でも〝たゆまず練習ができる姿勢がある〟からである。実は松井秀喜さんにも同じものがある、と彼に近い人が語っている。

――では、なぜもっと勝てないか？

それは私にはわからない。彼のプレーを他の人よりよく見ている私としては、

――あと少しのところで、松山英樹はメジャーも、他のトーナメントも圧巻の強さで勝つ日がそこに来ている。

と信じている。

私は今年の一月、大きな手術をし、リハビリテーションの間、

――早くフェアウェーを歩きたいものだ。

と何度となく思った。

看護師の目を盗み、タオルを2本つないで先端を丸めて、病室でゴルフスイングした。

時折、朝方目覚めてムクッとベッドから起き上がるのは決まって、ドライバーショットが谷にむかって飛び出した夢を見た時だった。

「どうしました？」

寝ずの番でベッドサイドにいた家人が訊く。

「今打ったショットがOBラインギリギリの谷にむかって飛んで行った。君、悪いが、見てきてくれないか?」

「どこのコースですか?」

「ハワイのマウナラニの3番の海越えだ」

「少し時間がかかりますよ」

「そうだな……」

入院中、ほとんど寝ていたのだが、たまに機嫌のイイ顔をして休んでいるらしく、家人に訊かれる。

「何か楽しい夢でもご覧になってたんですか」

「うん、ゴルフの夢を見ていた」

私は決してゴルフは上手くないし、善いプレーヤーではない。

——善いゴルフのプレーヤーとは何か?

よくゴルファーたちが言う。

「あの人はシングルプレーヤーでも5下(ごした)だから本物だよ」

5下とはハンディキャップが5以下のプレーヤーをそう呼ぶ。私は五十年近くゴルフをしてきたが、その5下を含めて、ゴルフの上手い人で、性格、人間性も素晴らしい人を、ほとんど見たことがない。

「オッ、さすがにナイスショットですね」

と誉めると、相手は、

「いや、ちょっとボールがつかまってないナ」

——バカタレ、オマエは刑事か！

文壇ゴルフというものがあって、感心したのは城山三郎氏と佐野洋氏だった。城山さんは早く打って、早く家に帰りたい、という感じで、素振りをいっさいされない。

佐野洋さんはゴルフが大好きで、大きな大会の日は目を真っ赤にしてコースにみえて、

「いや伊集院君、昨夜床に入ってから2ラウンドもして、ほとんどパープレーでね。いやもう疲れたよ」

五月、手術後、ゴルフに出かけようと珍しく仙台の練習場へ行き、コーチに見て貰った。

「伊集院さん、それじゃ元に戻ってます。もっと身体の軸を回転しないと。ダメ、ダメ」

——君、半病人にむかって何だ、その言い方は。少しは誉めんか！

「ご無沙汰しています、伊集院さん」

声に振りむけば、好青年だった。松山英樹さんである。

「えっ！　どうしてここに？」

「はい。家族（奥様とお子さん）と今はコロナを避けるために」

「そのほうがイイ。アメリカ人は時々間違いをするからね。松山君、君の先輩のコーチ（和田正義氏）は私のショットをダメダメと言うばかりなんだが、そう思うかね？」

「いや実に素晴らしいと思います」

「君に御礼の握手をしていいかね。ボクは命拾いをしたらしいから、その幸運が君にも少し行けばいいね。きっとイイことがあるよ」

ここまで書いて、全米プロで彼が大活躍することを、私が祈っていると言えば、ゴルフの神さまも少し言うことを聞くかしら。

たゆまず練習するとは何か？　それはいずれ訪れる、その時のためにきちんとした仕事ができる大人の男の準備である。

あと少しのところに松山君は立っている。辛抱強く、励むんだよ！　君ならきっとできる。大勢の日本人が祈っていることを忘れないでほしい。

哀しみを救う言葉はない

ジャニー喜多川さんのお別れ会に出席して、午後の電車で仙台に戻った。

お姉さんのメリーさんは、やはり元気がなく見えた。姪のジュリーさんの娘さんもずいぶん大きくなっていた。

簡潔で良い式だった。時間もきっちり二十分で終了し、礼の挨拶を近藤真彦さんがした。千人を越える参列者の前で、きちんとした挨拶ができたのに感心した。

「いい挨拶だったよ」と誉めると、照れたように頭を掻いた表情が三十七年前と変わらない。

初めて逢ったのは渋谷の道玄坂を登った場所にあったレコード会社のスタジオだった。

あまりに声がデカくてマイクが飛んでしまった。マイクが飛ぶのを見たのは、あれが最初で、最後である。

式の帰りに東山紀之さんとすれ違った。

「頑張ってるネ。時代劇も、キャスターもとてもイイよ」

「ありがとうございます。新聞小説がはじまるんですね。楽しみにしてます。毎日読みますから」

相変らず恰好の良いうしろ姿を見ながら、

――新聞小説を読むんだ……。

と感心した。しかも経済紙と呼ばれる新聞である。奥さんの木村佳乃さんは〝良縁の結婚は女を美しくする〟の典型である。気さくで善い女房らしい。

それにしてもセレモニーで大画面に映し出されたタレント、グループの数の多さを見て、

――これほどか……。

と驚いた。まさに〝王国〟である。

以前、縁あってジャニーさんとメリーさんの育ったロスアンゼルスの或る町へ行ったが、信仰心の篤(あつ)い人たちが暮らす、なかなかの界隈だった。

ジャニーさんとは挨拶を交わすくらいで(麻雀を一度した)、私はメリーさんとのつき合い

が深い。〝東京の母〟といったところで、時折、食事をする。手に負えない放蕩者の頃からで、ずいぶんと助けられた。

哀しみを救う言葉は、実はない。見守るだけである。

「伊集院さん、人間は病気や災害、事故で亡くなるんじゃないのよね。人間は寿命が来て亡くなるのよね。私とあなたはわかっているものね」

以前、私の周辺で事故が続き、私もあやうく大怪我をしそうだった。

「あなた、今よ。今、新しい仕事をするのよ。きっとイイモノができるわよ。厄払いなんか行っちゃダメよ。せっかく何かが近寄って来てるんだから」

発想が、ものの捉え方が違うのである。

ジャニーズのタレントの何人かはワイドショーの司会、キャスターのようなことをしている。最初は驚いた。この人は大丈夫だ、という人もいれば、この子は危なっかしいぞ、と思う人もいる。危ないのは、わかったような口をきく人である。

そのうち政治の世界にも進出するだろう。総理大臣も出るかもしれない（今は一人もいないが）。

しかし二枚目というのは、なぜあんなに薄っぺらに見えてしまうのだろうか。

韓国で文政権の中のホープと呼ばれる曺国という人が、彼の娘のことで騒がれていたが、あの顔が韓国では二枚目らしい。私は、人の顔を興味深く見る癖がある。

——あの顔が清廉潔白なわけがない。

二枚目はバカな振りをしておいた方が何かとイイ。そうでなければ、彼等の腹を開いてみればわかる。見られたもんじゃない。

その式にも、昔、二枚目だった人が何人か来ていたが、年老いた二枚目はどこか悲しく映る。同じ字でも哀愁であればいいが、二枚目がジジィになると、やはり切なさが漂う。その点三枚目は年を取れば〝味が出る〟。若い時の口惜しさ、苦労が報われる。

先日、銀座の酒場で言われた。

「伊集院さんって、二枚目のことを書くと必ず怒ってますよね」

「そうですかね」

「間違いなく怒ってます。嫌いなんですか、二枚目？」

「好きじゃないね。バカか腹黒だから」

「ほら、もう怒ってる」

——たしかに本当だナ。

待ってます

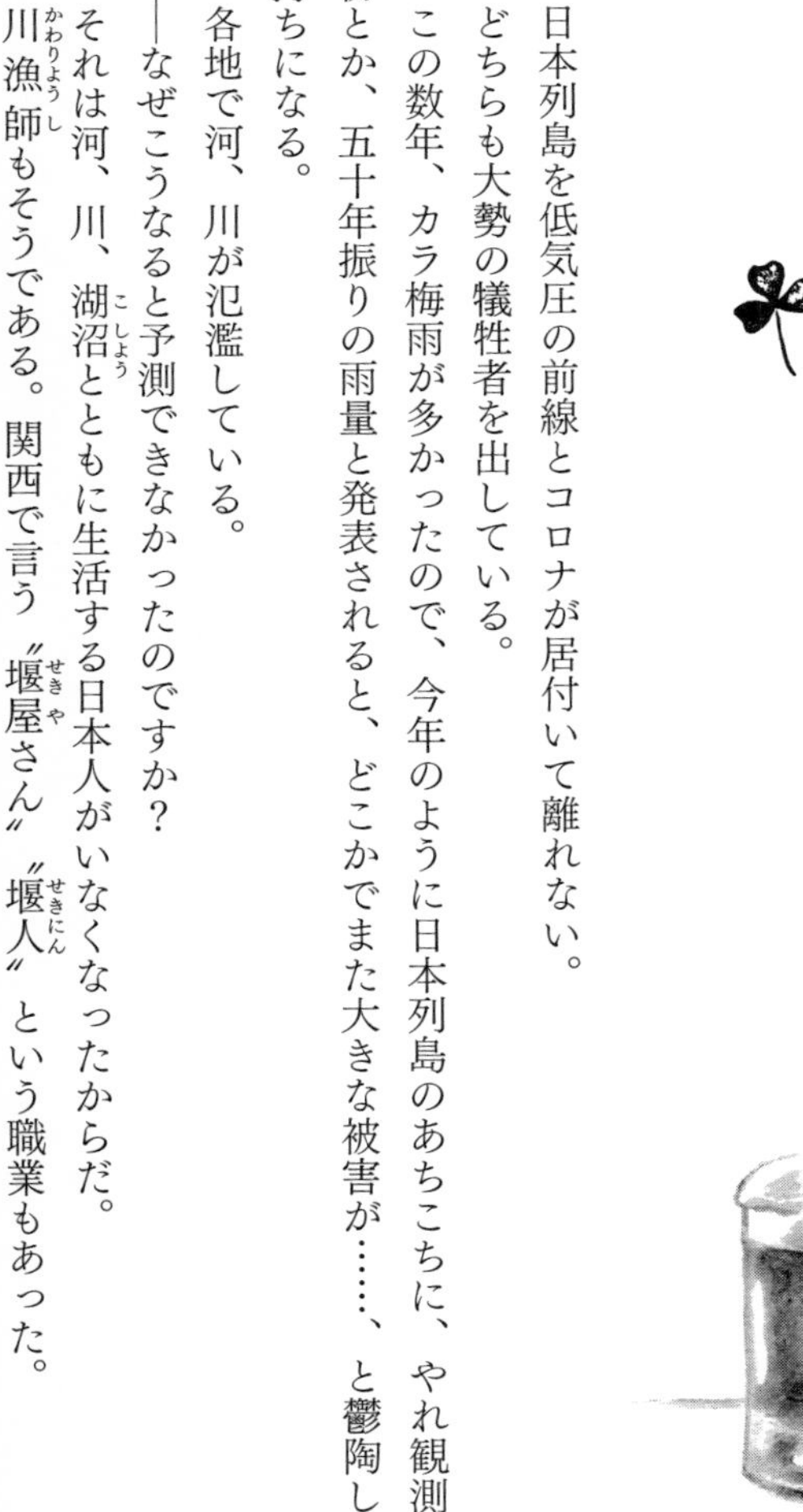

日本列島を低気圧の前線とコロナが居付いて離れない。

どちらも大勢の犠牲者を出している。

この数年、カラ梅雨が多かったので、今年のように日本列島のあちこちに、やれ観測史上初とか、五十年振りの雨量と発表されると、どこかでまた大きな被害が……、と鬱陶しい気持ちになる。

各地で河、川が氾濫している。

――なぜこうなると予測できなかったのですか？

それは河、川、湖沼（こしょう）とともに生活する日本人がいなくなったからだ。

川漁師（かわりょうし）もそうである。関西で言う〝堰屋（せきや）さん〟〝堰人（せきにん）〟という職業もあった。

——何をする人か？

川のあちこちに設けた大小の堰を開閉し、川の水量を調整し、田園、村々に放つ水の量を守っていた人たちである。

——なぜ、彼等がいなくなったか？

ダムが次から次に登場したからだ。

——なぜ次から次にダムが？

政治家にとって、これほど魅力的な開発はなかったからである。〝水力発電〟という〝力〟を得るからだ。その上、治水事業は農作にも多大な影響を及す。

治水は大変な事業であり、何十年かけてやり続けても完成をみない。完成しないのは五十年、百年に一度、大雨、豪雨、地震に日本列島が見舞われるからだ。かつて農民たちは、それを先祖の言い伝えで知っていたから、水没する場所を強硬に避けた。

ダムの出現は、そういうことを一度に解消した。まさに科学、土木の技術の力であった。

私は技術というものを信用しない。〝技術の進歩〟というのも鵜呑みにしない。技術の正体をきちんと検証すれば、半分以上が危なっかしいものだ。

〝地政学〟なるものが見直されている。

〝地学〟ではない。〝地政学〟である。土地に、政（まつりごと）を加えると、まるで違う学問になる。私も二十年近く、これを勉強しているが、ひとつの国、都市の存亡の半分以上は、地政学で説明がつく。

私は地図や地球儀を見るのが好きである。海外へ旅する時も必ず地図を持って行くし、渡航前に大学ノートに、その国の地図を自分で描く。それをすれば、その国を成り立たせているのが、農業なのか、水産なのか、観光なのか、豊かな資源力なのかがわかる。

――世界から、或る日、忽然と消えた国、都市、町、村、人々はあるか？

それはあるだろう。元々、造山運動であれだけヒマラヤが隆起し、あちこちの大陸が失われた星である。しかし、何千、何万年の話はしても仕方がない。

人々で消えたのはフェニキア人である。フェニキア人は、かつて〝地中海の番人〟と呼ばれるほど、船舶の建造技術と航海術、商取引に抜群の能力とセンスを持った人々だった。これが一夜で、世界から失せた。消滅させたのはアレキサンダー大王だ。

国と民で言うなら、西夏（せいか）王国である。こちらはチンギスハーンが、一夜で攻め、焼きつくした。残ったのは美しい文字（西夏文字）だけである。悲劇ではあるが、この悲劇は、地政学を学べば予測できた。

小雨の中、東北一のバカ犬が、ヨロヨロと歩きながら、私の声と手拍子に、こちらに顔をむける。すでに耳は聞こえないし、視力もほぼダメになっている。

それでも私が二ヵ月振りに帰宅すると、皆が驚くほどの声で吠えた。

入院している間も、この犬のことが気がかりであった。家人は、私が倒れて一ヵ月半近く仙台の家をあけていた。

「ノボはどうしてる？」

「元気です。お帰りを待ってます」

「そうか……」

その犬がよく踏ん張り、今、小雨の中で芝生やら、私が練習のために刺したゴルフのティーに鼻を近づけている。大声で名前を呼び、拍手を響かせると少し尾を振り、こちらにむかって来た。人間なら百歳を越える。故郷の母の姿が重なった。

抱き上げるとずいぶん軽くなった。

たはむれに　母を背負ひて　そのあまり　軽きに泣きて　三歩あゆまず

石川啄木の歌である。

「あなたが話して下さるフェニキア人や西夏の美しい文字のことなど、私は聞いていて面白いと思います。そういう本を書いてはどうですか？」

「まだ仕事をせよ、とおっしゃるかね？」

「いえ、そうじゃありません。私は面白い話、人が興味を抱くことは大切だと思います。それに、〝文芸〟は女優の時から好きじゃありませんでしたし……」

「まあそう言うな。休載中の漱石先生（ミチクサ先生）のことも、ようやく目途が立った。それに書きたい小説も少しある」

タバコはやめさせられた。その替り少量の酒が許可になった。〝神泡（かみあわ）〟、これが美味い。まさにプレミアムだ。

〝ウィズコロナ〟？　横文字をくっ付けりゃイイってもんじゃないだろう。どこまで馬鹿なんだ君たちは。いい加減にしないか。

人は変わる

目覚めてから、何度もうとうととした。

こういう朝は、これまであまりなかった。目覚めたら、すぐ働いたからだ。

〝二度寝〟というのがある。

これがなかなかイイらしい。主には、女性が好むらしい。

「〝二度寝〟ってイイよね」

生家にいた時は聞かない言葉だった。

それが上京し、たまに女性の会話で耳にした。

——一日に二度も寝て、どうしようと言うんだ？

私のさして長くもないこれまでの人生で、〝二度寝〟をしたことはほとんど記憶にない。

それが大病して、昼間ベッドの中でうとうとしていた。

「もう少し休まれてはいかがですか」

看護師が言う。

「締切りはないのですから、休んでください」

家人は言う。

「伊集院さん、これまでにないくらいゆっくり休んでください。タケシ」

これは北野武監督からのメールの一行である。タケシさんはやはり生死の手術の先輩であるから、言葉に実があった。有難いことである。

カレンダーを見ると、今日は〝秋分の日〟だった。

――そうか、秋分の日か……。昼と夜の時間がほぼ同じだから、どっちについていいのかわからないので眠いのかもしれない。

子供の時分から、目覚めると顔も洗わず外へ飛び出す少年だったらしい。

「あなたはともかく忙し過ぎる人だったから、今回のことは神様がゆっくり休みなさいと言ってるのですよ」

母とタケシさんの言うことはほぼ同じで、あとは電話で、東京の兄替わりのS社のN忠さんから同じことを言われた。

「大文豪（こんな日本語あるのかね）、ともかく今回はゆっくりしなさい」

そうおっしゃるこの人と以前、ゴルフのあと風呂に入った。同時にドアを開けて入ったが、私がタオルを忘れて取りに戻った。再び入ろうとすると、大兄はもう外へ出てこられた。

――えっ？　もう身体洗って、出て来たの？

ともかく速い。風呂も、食事も、ゴルフのショットも、いつ洗ったんだ？　いつ食べたんだ？　いつ打ったんだ？　である。

短気（イラチでもイイ）の上に瞬間湯沸かし器。でも私はこういう人が好きである。こういう人は人の何倍も責任感が強いし、人一倍やさしい。

眠い原因が昼過ぎにわかった。

松山英樹君である。全米オープンの観戦。

私は彼の戦う時の目が好きだ。

東京の病院を退院し、ようやく仙台に戻り、初めて近くのゴルフ練習場へ行った時、松山君はわざわざボールを打っている私の所に挨拶に来てくれた。

松山君は礼儀正しい。少し話をした。

「君、少し顔が変わりましたネ」

「どんなふうにですか？」

「父親の顔かナ？　犬だって子供を産めば、父犬は強くなる」

「犬ですか……（これは言ってない）」

しかし確実に彼は顔付きが変わっていた。

私はゴルフ好きの友人たちに言った。

「今年後半の松山英樹さんは勝つよ。それも素晴らしいゲーム内容でね」

「どうしてですか？」

「ヤンキースの時の松井秀喜さんの変わり様と似ている。私の勘はまず間違いない」

それを聞いた友人から連絡があった。

「本当だね。松山変わったね。あと少しだ」

「いやあんなものじゃない。もっと変わっているはずだ」

大きな峰ほど登り切る直前に、険しい下り坂と、考えられない試練を与える。

マスターズ、そして続々とメジャー大会が続く。どれかを勝つ？　そんなものではなかろう。その日が来るのを私たちファンはじっと祈って、待つしかない。

礼も言えなかった……

「それでどんな曲を歌いたいの？」

私は目の前の若者に尋ねた。

「今まで誰も歌ったことのない曲がイイ」

——ほう面白いことを言う若者だ。

たいがいの新人歌手は、その頃流行している海外アーチストの曲や、日本ならシンガーソングライターが書いた楽曲を望んだ。

私はその若者が次に歌う曲の作詞をせねばならず、スタッフとの打合わせの折、

「伊達さん（作詞家としての私のペンネーム）、今、マッチはスタジオに居るから、彼がどんな歌を望んでるか訊いてみて」

と言われた。

私はあまり乗り気がしなかった。

プロの作詞家が、まだ日本語もロクに話せないタレントから、次の楽曲のことを訊いて、参考にすること自体が、不愉快である。

それでも私はマネージャーに催促されて、スタジオの廊下で車の雑誌を読んでいる若者の隣りに腰を下ろして、彼の希望を訊いた。

「それってどんな曲なの？」

よせばいいのに、私はイイ加減な言葉を口にした。

「伊達先生、そんなのボクにはわかりませんよ。だって誰も聞いたことのない曲なんだもの」

――あっ、そうか。

「ハッハハハ。そりゃ、そうだ。車を運転する時は安全運転で頼むよ」

「わかってる。安全運転するから」

「じゃね」

私は立ち上がってスタジオのドアを開けた。

すると若者が大声で言った。

「ギンギンなのを歌いたいよ。ギンギンな奴だよ」

私は振りむいて右手を上げ、

「ギンギンな奴なんだろう。そうするよ」

かれこれ三十五年以上前の話である。

やがて届いた曲は、アコースティックピアノで弾かれたやけにテンポのある曲だった。

その曲のサビの部分を何度か聞きながら、――ギンギンか、ギンギンだナ。ギンギン。

その楽曲の作曲者が筒美京平さんだった。

何度かスタジオで逢った。すでに大御所であったのに少しも威張らない、おとなしい人で、話している最中ずっと指先が宙を舞っていた。

――ああ、シャイな人なんだ……。

と思った。

「伊達さん、あなたの小説読んだんだけど、スゴイ古いタイプの小説をお書きになるんですね」

「ああ、それはどうも……。下手なんですよ」

「下手って何が？」

「小説がです。作詞も下手ですけど」

「そんなことはないよ。私は好きです」

「ありがとうございます」

交わした言葉も少なく、送った小説の返状が来る程度のつき合いだった。

録音後、京平さんと食事をする機会があり、

「伊達さん、どこからあんなふうな詞の発想が浮かぶんですか。驚きました」

それは、半年前にリリースした曲『ギンギラギンにさりげなく』が大ヒットしていた時のことだった。

今でも、立ち寄ったスナックや飲み屋でカラオケがかかり、その曲を歌う人の姿と、あの乗りのイイ曲を聞く度に、京平さんの物静かで、シャイな指先が浮かんで来る。

京平さんは天才だった。その天才の背中に乗って、作詞家になった私は、いつもお礼を言いたいのに、あっと言う間に京平さんは姿を消した。

ちゃんとしたお礼を言わず仕舞いで、冬を迎えようとしている。ご冥福を祈りたい。

何曲か、京平さんと仕事をしたが、私が気に入っているのは、勿論、近藤真彦君との『ギ

ンギラギンにさりげなく』もあるが、もう一曲、あの、ちあきなおみさんの『色は匂へど』という曲だ。

♪どうせ私は、しょうがないもの、色は匂へど、散りぬる女よ♪　と彼女は歌っているのだが、今ひとつメジャーになれない。ぜひ、どなたかカラオケで歌って欲しい（私がいない時に）。

マッチの曲を京平さんに依頼したのはプロデューサーのK杉さんだった。K杉さんも私もマッチが大好きだった。

そうして京平さんもマッチが好きだった。大人たちを魅了するほど、彼はイイ若者だった。それを最初に気付かせてくれたのは京平さんだった。

京平さんと居るだけで時間がふくらんだ。自慢をしない。自惚れない。何より私たちにいつも優しく接してくれた。

それほど筒美京平という人は、この業界で珍しいほどシャイで、お洒落な人であった。

苦しい日々も

本(書物でもいいが)というものにも、人の生涯に似たものがあると言います。

作家なり、何人かの人が執筆をして一冊の本が出来上がり、その本が本屋の軒先や棚の中に置かれてから、本の生涯のようなものがはじまります。

流行作家の本や、話題の本たち。本屋を訪れた人が、その本を手に取り、どうしようかと迷いながら買って行きます。

やがて家に着いて、リビングのテーブルやキッチンの台の上、自室の机とかに静かに本は置かれます。

——ここはどこだろう?

とか、

――どんな人が、どんな表情で読んでくれるのかしら？

と本は独りで、主人の手の中に入るのを待ちます。

運良く、一ページ目から興味を持たれ、どんどんページをめくってもらえれば、こんなしあわせなはじまりはありません。

しかし、大半の本は、途中で放り出され、書棚の隅や、リビングのラックの底にじっとする羽目になります。

積ん読という読書法もあると言いますから、何かの機会に、また誰かの手に取られ、目を輝かせて読まれはじめることも、ごくたまにあります（本当にごくたまにです）。

では次に作家の立場から言うと、懸命に執筆しても、本屋に置かれると、まったく売れない本もあります。

――それって、ごく稀でしょう？

いえいえ、どんな作家でも、懸命に書いた本が、まったく売れない、という経験を皆しています。そういう経験がない作家はよほどの人であり、私に言わせると作家として生きる資格はありません。

私は小説家ですから、小説を書くことが、生活の基本にあります。この連載はエッセイですから、本業とは少し離れています。

小説家でもまったくエッセイを書かない人もいます。それはそれで、その人の生き方、考え方なのだから、かまわないと思います。

エッセイ、随筆が上手い人は、小説家でなくともいます。エッセイスト、随筆家という呼び方があるように、その種の文章を書いて、生計を立てている人もいます。

私が思うに、文章が上手い人は、エッセイストとしては月並みな人が多いように思います。文章が難しいのはこの点です。

ただエッセイ、随筆でベストセラーとなるには、よほどその書き手が独特の世界を持っていなければなりません。だから『大人の流儀』がこんなに売れているのは異常な現象なのです（謙虚な作家だな……）。

小説家は小説のことばかり言いがちですが、出版界を支えているのはコミックです。『スラムダンク』も良い作品ですが、今は『鬼滅の刃』の時代です。私も少し読みましたが、主人公が妹思いのところが良いですね。

ひと昔前まで妹思いといえば、ディック・ミネです。

♪泣くな妹よ　妹よ泣くな　泣けば幼い　ふたりして　故郷を捨てた　甲斐がない♪（ち

ょっと古いかな)

私が何度も期待したプロゴルファーの松山英樹君が、マスターズの予選をトップと一打差の六位で通過しました。

日本全国のゴルフ好きの皆さんは期待をしてテレビをご覧になったと思いますが、決勝は残念な結果に終わりました。

それでも私は、彼のゴルフは、少しずつレベルが上がっているという気がします。

松山君が奥様とかわいいお子さんを連れて、コロナを避けるために帰国し、仙台に戻っていた時のことです。

挨拶に来てくれた彼の顔を見て、

——おや、何か以前と違うな。

と思いました。

少し話をしながら、もしかしたら彼の中に、何か以前とは変わったものが生まれようとしているのかもしれない、と私は感じました。

それがマスターズの彼への期待になったのかもしれません。

スターは期待されるのが当たり前です。勝てなかった理由を解説者やスポーツコメンテーターは色々言うでしょうね。ともかく日本のゴルフ解説者はレベルが低すぎます。

松山君、四日間がんばってくれてありがとう。

第三章
ひとりもいいもの

夜が明けると

ひと昔前なら考えられないことだが、毎朝三時から四時（これを朝と呼んでいいのか）の間に目覚めて、ひと言つぶやく。

「おう、生きていたか……」

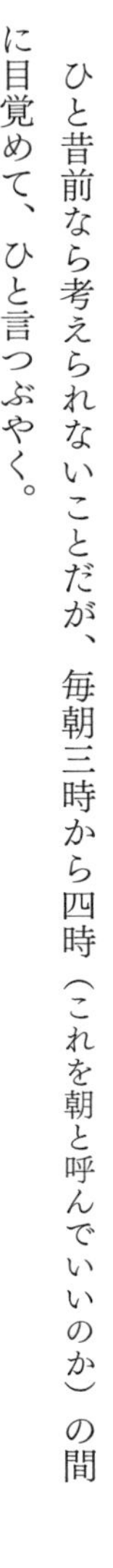

毎晩、早い遅いはあっても、九時から十二時の間に誘眠剤を微少飲むとすぐ眠りにつく。

私の友人に、ベッドに座り、シーツを胸元に引き上げて、そのまま背後の枕に着地するかしないかのうちに完全に眠ってしまう男がいる。うたた寝というのがないらしい。頬杖をつけば、掌をアゴに当てて爆眠している。

私の場合、三時、四時から夜が明けるまで、あれや、これやと考えているようだが、たいしたことは考えていない。

昨日出かけたゴルフコースのレストランで年老いた男女の会話が聞こえてきた。

「あなたは心が曲がってるからボールも曲がるのよ」

「おまえにそんなこと言われる筋合いはない」

「悪いけど、自分の妻のことをおまえ呼ばわりするのはやめて。それ以上言うなら、私いつだって別れるから。うん？　わかったの？　その知らない振りはやめてよ」

「その、亭主にむかって、うん？　とかあん？　とかアゴで言うのはやめろと言ったろう」

この会話が大人げないと言う人がいるなら、トランプとバイデンのテレビの会話をどう捉えればいいのだろうか。私が少年の頃は、日本人はアメリカからデモクラシーを教わり、今日の社会体制をこしらえた、と大人が言ったものだが、そのアメリカの大統領のレベルがあれでは、いったいアメリカのデモクラシーの歴史というのは何なのだろうか？

夜が明けるとホテルを出て、お茶の水の駅方面にむかい、Ｄｅｌｉｆｒａｎｃｅという店に入る。〝フランスＢＥＮＴＯ〟という幟（のぼり）があり、〝ＢＥＮＴＯ〟というフランス語を辞書で引いたが、まったくわからず。それが日本語の〝弁当〟の意味だとわかったのは一ヵ月後だった。ミルクティーとバナナジュース、クリームスープにサンドウィッチを食べながらぼんやりしている。この店の客は女性が大半で、しかも全員バアサンである（いやたまに若い女性もいる)。こう書いて、銀座のクラブの説明じゃないんだから、若い人がたまにいるなどとはどうでもイイことである。三ヵ月余り、そこで朝から〝Ça va〟なんて顔をしていたが、二階に九十席あるレストランがあるのに気付いた。先日思い切って階段を登って、席に案内されると、やはり周りはすべて女性だった。これだけ年を取った女性の中に一人で居ると、恐怖感に襲われる。昼食はドリンク飲み放題で(ビールや焼酎とかはありませんよ)、アイスティーを四杯も飲んだら、気持ちが悪くなった。

東北一のバカ犬の今朝の写真を家人とトモチャンがメールで送ってくれたのを見ながら、

——ノボはやはり犬としては男前だ。

と感心したり、午後から書かねばならない来年のカレンダーの冒頭の小文に何を書こうか、などと思案する。相手は伊藤若冲(いとうじゃくちゅう)である。ひと昔前、大半の人が〝ワカオキ〟なんて呼んでいた江戸期の画家だが、今、コロナ禍に対面している人々にとって願い、祈り、心身の保護の面でもジャクチュウの絵はイイ。鮮やかで、彩りの美しさに惚れ惚れしてしまう。先輩のT居社長が経営する製薬会社のカレンダーで、去年までは西洋絵画と日本画のコラボレーションだったのだが質が高い。賞なんか頂いて、会社の誇りでもある。

フランスで飯を終えると、駅前を左折して文房具屋に寄る。そこで手袋を買う。薄い白の手袋で、両手にはめると、ジュエリーの鑑定士みたいな気分になる。文房具屋の兄チャンに聞く。

「これは何に使うんですか？」

「アニメーションのセルに色付けしたりする人が、セルに指紋が付いたりしないために使うんですよ」

「ああ、そりゃスゴイ」

私はゴルフの時、左の手にヒドイ痛みが走るので、クリームを何度も塗って痛みを柔らげている。ゴルフ用の手袋の中にその薄い手袋をして、クリームを塗った手が滑らないようにしている。

九十席のフランスだが、二回目に入った時、夢中で本を読んでいたせいか、そのまま階段を下りてしまった。下まで着いた時、ドタドタと上から男の従業員が、お客さん、お客さん、と叫びながら降りてきた。

男の慌てように、私は言った。

「本かメガネか、何か忘れてましたか？」

「いや、勘定もらってません」

「えっ、勘定？　本当に？」

「本当ですよ。だってお支払いされてないでしょう」

私は相手の目を見て言った。

「あの、食べ逃げしようとしたんじゃないからね」

「わかります、ゆっくり下りてましたし」

――嘘つけ、ドタドタ追いかけてきたくせに。

これとは別に、タクシーの運転手に、車を降りてから、ご苦労さんと言ったきり、ホテルに入ってしまったこともある。あわてて運転手が追いかけて来て、フロントに、勘定、勘定と叫んでいた。

つけ麺屋や、ステーキ店の前掛けをしたまま表通りをしばらく歩いてるなんてのはごく自然に何度もある。

一人で外出すること自体が危険なのである。

生きるということ

今年は年始から北の地は、寒波で雪が降り続け、銀世界と言えば美しく聞こえようが、美しく見えるものは、実は強靭（きょうじん）なものを併せ持っている。

厳しすぎるほどの寒さであった。

毎年、元旦から松の内にかけては、生家で過ごすのが、私の年始だった。それが五十年続いた。父が亡くなってからは、早朝からゴルフ場に出かけ、野球部の先輩やら後輩と賑やかに過ごし、夜は百歳を迎えた母と二人で静かに過ごした。

母は、その歳で物忘れをほとんどしない。何の秘訣があるのかはわからぬが、新聞などは数時間、メガネなしで読んでいる。

今年の年始は一人で静かに新聞を読んでいたらしい。私の顔が大写しに掲載されていたのに出くわし、驚いたという。妹を呼んで、すぐに家人に電話をかけるように言い、私に替わった。

「あなた、今朝は驚いたわ。いきなりあなたの顔が飛び込んで来たのだもの」

去年の暮れに各紙のインタビューを受けたのだが、その掲載日の連絡がなかったので、母が何の話をしているのか、わからなかった。

詳細がようやくわかり、安堵した。

作家を生業（なりわい）として三十数年が過ぎたところで、一昨年、初めて時代小説を書いた。古稀で初めてのことに挑むことは、作家はあまりしないが、三年前の夏、突然、やってみようか、と思い立ち、始めた。周到に準備などしていない。時代小説だからといって特別なことはしなかった。その理由は、これまで多くの時代小説を読んで来ていたからである。

しかも、〝忠臣蔵〟である。

「大丈夫ですか？」と心配する編集者もいたが、「大丈夫だ。誰だって最初は、初めてだったろうから」。

作品を送った何人かから、手応えのある感想を頂いた。褒められれば悪い気持ちはしない。

私自身も、脱稿した一昨年の秋には、

――もしかして何かが書けたやもしれん……。

という気持ちがあった。

そう思う作品は、これまで四百冊以上の作品を書いて来て、数点しかない。

では残りはすべて駄作か？　そうではない。それぞれ読んでもらえるものは書いたつもりだ。そこには、私という作家の流れの中のひとつの風景、川の流れなら水景のようなものがある。

その作品、本屋に並んで、今日で一ヵ月になるが、ほんの少し売れている。ほんの少しでは生きていけないが、それでも、これからが楽しみでもある。タイトルも悪くない（『いとまの雪　新説忠臣蔵・ひとりの家老の生涯』）。タイトルは本の顔である。主題は〝別離〟と〝生きざま〟である。〝別離〟は私という作家の一番のテーマでもある。こんなに自分の本のことを書くのも初めてである。これまで、そういうことはみっともないし、そういう作家を、何を血迷っているとさえ見ていた。

本は（特に小説は）いったん出版すると、あとは読者と、その時の社会、時代の流れにまかせるしかない。本当に哀しい、淋しい本もある。今の時代、書店の中の八割の本が哀しい、淋しい本だと言える。そのうえコロナで、人が本屋へ行かない。それも困るが、一番困るのは、大半の本は、その作品が出版されたことを読者が知らないことだ。

買って欲しいと言っているのではない。いいから読みなさい。読めば損はさせん。「いいから読め」というこれまで貫いてきた姿勢を今更変えられるか。バカモン！（怒ってどうする）

降り積もる雪が、時折、吹雪いて渦を巻く庭を見る。緊急事態宣言が発せられたこの国はどうなるのだろうか、と皆は思っているのだろう。不安でしょうがないだろう。

そう考えていた時、

――あっ、やはり、そうなのだ……。

とひとつ納得ができたことがあった。

感染症に限らず、災害も、戦争も、私たち人間は必ず、それに遭遇するのである。

小説を書こうと思いはじめた頃、或る一行に出会った。それは、〝生きるということは、哀しみと歩むことでもある〟という一文で、これを読んだ時、若かった私は、……そうかな、楽しいことにも出会うんじゃないか。哀しみに嘆いてばかりじゃ生きていけないだろうに、と思った。

ところが歳を重ねていくうちに、さまざまな別離を体験し、生きることは哀しみを見つめざるを得ないのかもしれない、と思うようになった。

この十年では、東日本大震災の只中に立つことになった。今はコロナ禍で、さまざまな人と離別もした。

コロナもいつか社会の隅に追いやられるだろうが、また何百年後に、私の孫や、その子供たちが新しい感染症と戦う日々を迎えるかもしれない。そう考えると、人はやはりいろんなかたちで準備をしておく必要がある。

宗教の存在理由が、今はよくわかる気がする。しかし、哀しみと歩くと平然と言える人の神経を私などは、困ったものだと思ってしまう。

許せないこと

〝台帳検査〟という言葉をご存知か。

経理士、税理士の間だけで使われている言語ではない。

この文字を私が見たのは先週末で、今週の予定表に記されていたものだ。

私は最初、この難字の並びを見つめた時、

――あれ！　何か新しい言語なのかナ？

と思った。

それはたしかに大病をしたとはいえ、生活習慣、仕事のカタチとして文章を読む。私たちの仕事の半分は、文章を読むことであると言っても過言ではない。

新しい編集担当者が登場すると、それまでの前歴などは、私はまったくかまわないと思っ

ている。むしろ妙に文学とかがわからない編集者のほうが、新鮮で、見ていて懸命にしている姿をイイナーと思う。

さて話を戻して、〝台帳検査〟とは正確には〝大腸検査〟で、私の腸の検査のスケジュールを、私のオフィスの女性が平然と間違えただけのことである。

「ハッハハ、こりゃスゴイ間違いだ。いやはや誤字というものは面白いものだ」

と私が考えるかというと、それはまったく違う。私はこう考える。

——私は文章で仕事をし、その対価として収入を得ている。その一部がオフィスの女性の給与になり、交通費やランチ代になっているのではないか？　それを〝台帳検査〟だと。許せん。

皆、正座して、大腸検査をノートに百回写せ！　となるのだが、口にはしない。

言っておくが、こんな間違いじゃ済まされないほど、代々三十人余りの女性が、平然と間違いを繰り返してきたのである。

三十年以上続いたオフィスである。

従業員はすべて女性。わずかに元ボクサーの運転手がいたが、この男が、いざ修羅場になると行方がわからなくなる。それでもいい若者だった。

会社の収入は、私の原稿料だけである。

どこでどうなったのかはわからぬが、女性が五、六人いる時もあった。

それぞれに皆お美しいが、入社の条件はなるたけ家庭がある人で、独身は断った。

——なぜ？

それは小説家の秘書というのは、たいがいアレのケースが多いと言われたからだ。アレとはコレでも、ソレでもいいのだが、なにかしら作家の先生と仲が必要以上によろしい場合が多い。

入社の際、履歴書は一応見る。勤めて三年になる女性がサイン会の手伝いに来た時のことである。

「ところで君はどなたかね？」

「事務所のSです」

「ああ、君がS君かね。いつも有難う」

その二年後に、サイン会で、また私は言った。

「ところで、君はどうしてここにいるの？　いったいどこの誰なの？」

さすがに、その一ヵ月後、彼女は退社した。

そう考えると〝台帳検査〟も私の責任かもしれない。

いや、すべての原因は彼女たちの怠慢である。

細かい所では、パソコンで文字を打つことに慣れ、まったくチェックもせず、さらに繊細さのかけらもない生き方をしているからである。

たった二人の従業員の私ですら、こうなのだから、一万人、五万人、十万人の社員をかかえて、彼等の目に余る間違いに日々驚いている経営者は、いかなる神経で耐えているのだろうか。

最近、わかったことだが、優秀な経営者はすべて、イラチで、短気で、瞬間湯沸かし器である。ゴルフを一緒にしていても、前の組がノンビリというか、あちこち行って前へ進まないと、こう言う。

「何だ！　あの連中は。バカなのか。アホなのか。何なんだ？」

ゴルフが遅いプレーヤーは、作家でも、経営者でも、職人でも、全員役立たずである。

嫌い、大嫌い

ホテルの部屋の冷蔵庫の、冷凍のスペースに、食べかけて仕舞っておいたアイスクリームの隣りに、きちんと置いてある、黒く細長いものを、先刻からじっと見ている。

それはチョコレートアイスバーではない。

どう見ても、いくら眺めても、テレビのリモコンである。

今日の午前中、ゴルフ中継を見たくて、一時間余り探し続けたテレビのリモコンである。

その時（探している時）見つかれば、

——あった！

で終わり、テレビを点け、番組が終了すれば、リモコンが冷凍室にあったことも忘れてしまったろう。ところが今は、夕刻で、すぐにかからねばならない原稿もないので、

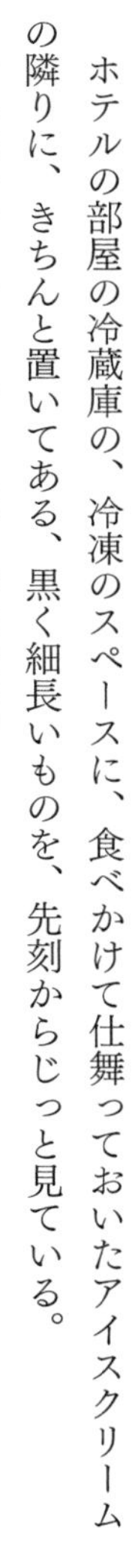

――なぜ、こんなところにリモコンが……。
――誰が、ここに置いてったんだ？（勿論、私以外の者は、この部屋に入ることはない）

リモコンの置いてある状況は、隠しておいたふうでもないし、むしろ壁に添ってキチンと置いてある。このキチンと置いてあるふうに見えることがおかしい。危ないナ。

リモコンなんぞ、他に使い用がないのにわざわざ冷凍室で保管する人は危ない人である。

今春まだ寒かった頃、夕暮れ、三崎町の鮨屋で連載の担当者と食事をしていて、何とはなしに携帯電話の鳴る音がした。担当者は彼のポケットをまさぐり、先生の電話じゃありませんか、と訊いた。そうなのか、と私はポケットから電話機を取り出し、鮨屋のカウンターに置こうとしたが、どこか感触が違った。

見ると、部屋の暖房のリモコンだった。

「かわった機種ですね。ガラケーですよね？」

「いや、暖房だろう」

今春、画像が精巧というので、スマートフォンに替えたら、あちこち指に触れる度に、見たことのない画面があらわれるのに閉口した。こんなのをいちいち相手してたら、時間の無駄になるので、スマホを叩き捨て、元に戻した。スマートフォンは正直言って、不良品である。技術的にも大間違いの製品である。

〝スマホがあれば何でもできる〟とホリエモンが本を出していたが、あのタイトルは間違いだし、〝何を抜かしてやがる、このボケ〟と正直思った。こう書くとホリエモンが嫌いなのかと思われるが、そんなことはない。間違いは間違いと言ってるだけだし、今、彼がすすめている、家で楽しく一緒に過ごすロボットも面白そうだと思う。嫌いで言えば、元ZOZOのあの男のほうが百倍も嫌いだし、孫正義などは千倍も大嫌いである。

第一、税金をほとんど払ってないで、何がグローバルだ。まず日本だろう。日本人が支持して、今日があるんじゃないのか？　足元をきちんとして口開かんか、この愚か者が。

トランプがコロナに感染したそうである。

バイデンとのテレビ討論を見て、目をおおった。

――これは子供には見せられんだろう。

アメリカ人の男の精神構造の中に、〝自分を弱者とは、絶対に見せたくない〟というのが、カウボーイがいた時代からずっとある。

この見栄っ張りの性質は、別に子供っぽいことではない。第一次、第二次大戦のアメリカの志願兵の多さは、実はこの気質の賜物であった。

しかし大統領がコロナウイルスに感染してはダメだろう。マスクをしたり、感染しないための対応を率先して、実行せねばならないポジションにいる人は、それなりの行動をすべきなのは常識である。

今日は朝から靴（運動靴だが）を洗うことにした。まずヒモを外し、ゴシゴシ洗いはじめると左足の先が、靴底から離れ、パクッと外れてしまった。

――アレッ？　どうなっとるんだ。

仕方なく、トゥールズに持って行くと1100円で修理してくれるという。

私はあんまり値段が安いと大丈夫かと思ってしまう。〝安物買いの銭失い〟を信じるタイプだ。ユニクロが出た時も、大丈夫か？　と最初に思った。さまざまな企業努力があって廉価商品は誕生したのだろうが、今でも、ここの商品を渡され、着る段になると慎重になってしまう。疑い深い訳ではないが、身体に沁みついているものはいかんともしがたい。

高過ぎるのも困るが、安過ぎるのも怖い。

今さら買うものもないが、ゴルフのクラブを十年振りに買った。長く入院していて筋肉が落ちた分をクラブの機能でケアしようと思ったが、これがなかなか難しい。〝悠々と急ぐ〟を目指しているが、やはりあれこれ考えてしまう。ともかくプレーを速くしたい。私は、遅

いプレーはほとんど犯罪と同じだと考えている。あまりに遅いプレーを見ると、
――この人と仕事だけは一緒にしたくない。
と思ってしまう。
それにしてもピート・ダイというコース設計者はどういう性格をした男なのだろうか。
どこかで出くわしたら引っぱたきたい。

大人の男

今から八年前、私は銀座で独り食事を終え、友人と待ち合わせたクラブへ行くのにまだ時間の余裕があったので、行きつけのバーに寄った。二人のサラリーマン風の若い男が、カウンターのコの字の場所に座っていた。

私の耳に、二人の男の会話が否応（いやおう）なしに入ってきた。

「どうなのよ、近頃は？」（こういう訳のわからぬ会話を今の若者は平然とする。二人が着ているスーツもネクタイもそれなりで、まあ一、二流の会社へ就職しているのだろう）

「昨日、××楼に行ったんだ」

メガネの若者が言った。

「えっ！　××楼って、去年、香港から来たあの店かよ。おいおいマジなの？」

「うん、シカゴから取引先の人が来てね、部長が出張してるんで、こっちに接待の仕切りが回って来たんだ」

「えっ、それって、会社持ちで××楼の料理が食べられたってことなの。うらやましい」

メガネはニンマリと笑って相手ににじり寄って小声で言った。

「ねえ、君、××楼って裏メニューがあるの、知ってた？」

「いや、噂では……。けど本当に裏メニューが存在するの？」

顔を覗き込む相手に、メガネは深くうなずいた。

「えっ、それって本当にマジなの。だとしたら一大事件じゃない」

私は二人がいきなりはじめた、東京のレストランの味覚やメニューの話に、なかばうんざりした。

——なぜ、今夜はこのバカ達の隣りに座ってしまったんだ。

席を立とうとすると、もう一人、男が店に入ってきて、カウンターの二人に手を上げた。

先輩、俺たち今来たところです、と言って二人が会釈した。

先輩が座ると、いきなり裏メニューの話を聞いた男が、そのことを耳打ちした。

「オイオイ本当かよ。そりゃ役得だったな。たしか××楼は新しいコックが来てないな」

「いや、さすが先輩よくご存知で。地獄耳の美食家だけあります」

——何が地獄耳の美食家だ。この場でコイツの耳を引き千切って、二人の後輩のグラスに放り込んでやろうか。それから三十分余り、三人は延々と食通と言えばいいのか、自分たちが知っている美味い料理を出す店と、店の事情を話してはうなずき合っていた。

丁度、日本の政治、政権が大きく変わろうという時期だった。

——こいつら、支持政党もないのか……。

「君達、麻布の×△□知ってるか？」

「ええ、そりゃ、勿論。今、ワインの品数じゃ東京で一、二でしょう」

「あの×△□の奥に個室があるんだぞ」

「えっ、本当ですか？」

「ああ、そこに女優のスベッタコロンダがお忍びでやって来るらしい」

「えっ、女優のスグニコロンダがですか」

彼らは飽きもせず、鮨屋から、和食屋から、フレンチ、イタリアン、中華、果ては半年先まで予約が取れない店の話までかなりの声のボリュームで語っていた。その声が聞こえたのか、チーフバーテンダーが、私の前に来て、お席移られます？　と訊いた。

「いや、もう待ち合わせの時刻だ」

「じゃ最後の一杯を作らせてください。何かご希望はございますか？」

「アイスピックでも、ナイフでもいいから三人分を持ってきてくれ」

私は彼等を悪いとは思わないし、味の良い店を知り、そこへ通うのは大人の男としては必要なことだと思う。ただ大の大人の男が、銀座のバーのカウンターで一時間半もの間、どこそこの店が美味いとか、裏メニューとか、アホ女優がお忍びで来るとか、果ては会社の経費で食べられた、と品性の欠けらもない話を延々とできることが、オカシイと言うより、そんなことを知っていることが君達の人生に何を与えてくれるんだ？

そんな折、〝王様のブランチ〟という番組で私の新刊が紹介されるので観ていたら、渡部建というタレントが出て、どこそこの店の×××が百点で、さらにどこそこの×××が百二十点だろうと、どうでもイイコトを自慢気に話しているのを、彼の両脇にいた女性タレントが、さすが当代一のグルメタレントですネ。素敵！　憧れちゃう。抱かれたってイイワなんて目をして眺めていた。

——どこが素敵なんじゃや。抱かれたきゃ、ビルの公衆トイレでも行ってろ、このアホタレント共が。その時、画面を見ていて、私が奇妙に思ったのは、周囲からナンバー1グルメと紹介された男が、その評判を当たり前のことのように受け入れ、誇らしげな表情を平然としていたことだった。

——何でこんなことが、大人の男の価値の基準になるんだ。このバカタレ共が……。

やがてその男は女優と結ばれ、やがて男の正体をあばいたかのごとく週刊誌がスクープをしたが、グルメ以外は、元々何もなかった男ではなかったのか？　報道を見ていて、マスコミが彼のキャラクターを作り上げ、勝手に蹴落としたようにしか映らなかった。

静かな時間

年末から年頭にかけて厄介なニュースが続いた。

一番はアメリカによるイランの司令官の殺害である。調べてみるとソレイマニ司令官は実績、能力、イラン国民からの信頼が抜きん出た人物である。〝イスラム国〟の掃討も、この人の手によるところ多大である。

一気にアメリカとイランが全面戦争に入るのでは、と世界中のマスコミが報道した。日本のマスコミしかりである。が、日本のマスコミの中東問題の報道は驚くほど脆弱である。

アフガンでの中村哲さんの死でさえ、他人事のような扱いに驚き、失望した。

当面の衝突は避けられたが〝アメリカに死を〟と言うイランの議員と国家の中軸を支えている人々の声と映像を見て、いずれイランはアメリカを攻撃するのだろうと思った。

同時にイランの人々の服装と態度がアメリカ、日本よりきちんとしているように見えた。

次がカルロス・ゴーン氏の逃亡である。

私が何より不可解であったのは、あのようなカタチで、大人の、しかも大企業のトップであった人が逃亡するのだろうか、ということだった。以前、保釈された折、工事の警備員のような恰好であらわれた。

自分の姿を見て、何も感じなかったのだろうか。今回はコンサートの音響のケーブルやモニターを詰める箱である。穴を開けていたというが、問題はそれではなく、大の大人があのような所に隠れて、闇の中で、こんなことをするために生まれて来たのか？　と考えなかったのだろうか。このような恥辱に身を置くのなら、別の方法があった気がする。

ゴーン氏が入国した折の夜、彼と食事の予定をしていたのは、小池百合子東京都知事であったと思う。同じ穴のムジナか？

彼女のカイロ大学での首席だったという主張と同じで、他人にわからねば何をしてもいいという発想に、逃亡劇は似ている。

弁護士は〝寝耳に水〟と言うが、そんなことが本当にあり得るのだろうか。

インタビューで彼に、日本という国家と日本人が野蛮人のような言い方をされて、のめのめレバノンに居させていいのだろうか。

ゆったりした正月だった。

山口県の防府という町にある私の生家での正月である。

母も風邪を引いておらず、特別どこか悪いというところもないようで（もっとも立ち上がったり、歩いたりするのには時間がかかるのだが。当たり前だ。もうすぐ百歳である）、いらぬ心配もなく、自室で仕事をしていた。

元旦から仕事？　とよく言われるが、それが作家というものである。

生家の正月は静かでイイ。

それも皆、母が九十八歳で元気でいてくれるし、妹が母の世話をよくやってくれるからだ。感謝してもしきれない。

私は我が家の犬を〝東北一のバカ犬〟とよく書く。

それは私のような者が飼っている犬だからそう書いているのであって、家（うち）のノボ（名前）よりバカな犬は何頭も見ている。

ところが何かの折に、このコラムを読んだ人がいて、こう言われる。

「伊集院さん、お宅のバカ犬、元気ですか」

――今、何と言うた？　わしゃ家人があの犬をバカと言うのはかまわんが、見ず知らずのオマエさんに、なぜ、バカと言われにゃイカンのかね？　このバカモンが！

山口の生家から、仙台の家にむかう日の朝、少年の頃、遊んだ原っぱの辺りを少し歩いた。野球のボールが大飛球になると、原っぱのセンターポジションの後方は、瀬戸内海の汐が寄せる入江になっており、ボールを捕るのに靴を脱いで入った。蟹がウヨウヨいた。

今は、入江も原っぱもコンクリートの下に埋まっている。カタチあるものは必ず消える。

毎年、移動の日は半日の間、駅舎か空港のターミナルに居る。

生家を出て、父と弟と、先妻の眠る墓所へ行き、手を合わせてから、しばらく墓所から見える母校のグラウンドを眺める。

在来線で新山口駅。そこから九州新幹線に繋がるさくらに乗って博多駅。地下鉄で空港。

いつもなら二時間余り出発まで時間があるのだが、今年は出発便の到着が遅れて三時間待ち。

〝ラーメン滑走路〟でビールのジョッキを二杯飲んで気持ち良くなり、

――別に仙台行きじゃなくとも、空いてるのに乗っちまうか。

と思ったが、犬の顔を思い出し、よした。

奇妙なことだが、母は九十五、六歳から歳を取らなくなった。三、四年前も同じ年齢を言っていたように思う。

それは仙台の家人が、五十七、八歳からいっさい年齢の話をしなくなったのと似てなくもない。あれはいったい何なのだろうか。

理よりも情

東北一のバカ犬こと、西山乃歩、ノボルはまだ十七歳で頑張っている。

お兄チャンのアイス君が逝き、友だちのラルク兄さんが逝き、その淋しさに耐え、なんとか四年が過ぎた。

月に一、二度、私が仙台に帰ると、元気な素振り(そぶ)をし、吠えてくれたりする。

昼に戻った私の夕食がはじまると、黙って隣りに座っている。私が鼻歌を口にすると、かすかに身体も揺らしてくれる。

この一ヵ月でさえ、彼は痙攣(けいれん)も起こしたし、嘔吐も何度となくした。

それでも彼は元気にしてくれている。

奇妙な話だが、私が仙台に居る間は病院に運ばれるような体調はいっさい出さない。たい

がいは、私が上京した折に体調が悪化する。

彼をペットショップから買い求めて来たのは家人である。そこから彼の幸運ははじまったのだろう。今もかた時も離れずに、彼のそばで食事、運動、排せつのすべての世話を彼女がやってくれている。その面倒見の良さを見ていて、

――あんなふうには血が繋がった母と子でもできないのでは……。

と思うことが度々ある。

この犬、決して可愛くはないし、愛嬌もない。しかも人間嫌いである。上の兄チャン犬二匹は散歩の折、子供たちを見つけると尾を振って走り出したのに、バカ犬は用心深そうな目をして子供たちをじっと見ていた。

――勘のイイ犬だナ。

と思った。子供たちほど、仔犬に乱暴する奴等はいない。

仕事の合い間、深夜、二人（一人と一匹だが）でよく庭へ出て話をした。

東日本大震災があった時、ノボもお兄チャンたちもさすがに不安だった。私は、時折、近寄って来たバカ犬を抱き寄せ、

「大丈夫だから……」

と何度となくささやいた。今でもたったそれだけの言葉をささやくと、目をつむり眠り出す。習慣とはそういうものなのかもしれない。

菅総理が自分のことを〝ガースー〟と口にしたという。家人が頭に来たと電話をくれた。

「そんなことを、あの秋田の野球少年は口にせんだろう……」

ところが本当だった。その画面を見た瞬間、

――えっ、本当にこの男が梶山静六の弟子だったのか？（死を覚悟で国会へ出続けた男の弟子だったのか？）と疑った。

もしかして、相当にレベルの低い男ではないのか？

大阪都構想が廃案になった。

この法案、これから先の地方の在り方の大切なモデルとなる点がたくさんある。

だが不成立。大阪の人は否決した。

――なぜか？

それは橋下徹の顔なのではないか。合わせて松井一郎の顔と雰囲気もあろう。

信用ができない顔を二人ともしているのである。さらに言えば、橋下一人の時はどうにか

できたが、松井が加わった時点で、ウサン臭くなったのである。

「ええ話やろうことはわかってんがな。けんどあの男の顔が、二人揃った感じが、うさん臭うてかなわんねん」

こうなると、イデオロギーも、法案もない。

このところ橋下徹がよくテレビに登場する。

――今は出演を控えたほうがイイのだが……。

誰か、彼にきちんとマスコミ対応を教えられる人が、おそらくいないのだろう。

赤児の手を捻るより簡単な、日本人の気質を考えられる人が近くにいないのだろう。

おかしなもので、梶山静六ではないが、いったん、死を覚悟すると、行動の理よりも、情が先を行くことがわかるが、それは今の総理に理解はできまい。

ひとりの男の死

災難としてのコロナの日本上陸は、どこか唐突なはじまりだった。

これほどの速度で日本で感染が拡大した病気はおそらく初めてだろう。

唐突なはじまりと書いたが、戦争、侵略がはじまる時も、世界中どこでも同じものだったらしい。

——何の騒ぎだ？

そのくらいの感覚で顔を上げたり、音のする方角を振りむけば、空に爆撃機が、家の窓の外に戦車と見慣れぬ軍服を着た兵士が迫っているものらしい。

〝コロナ恐るべし〟と日本人が、この感染症に恐怖の念を抱いたのは、毎日、次から次に発表される感染者の数と、たまに公表される死者の数が不明確だったからだ。コロナがいかなる病気なのか、誰一人わかっていなかった。マスコミの中にも明確に理解している者がいなかった。その上、次から次に感染症の専門医がテレビに登場したが、この医者たちが話す日本語が不明瞭このうえなかった。

——なぜか？

それはマスコミがこれまで感染症を主役扱いしたことが一度もなかったからだ。感染症に立ち向かう専門医が医療社会の中で主役でなく、マイナーな扱いを受けていた。つまり派手な素材を好む日本のマスコミは、感染症の医師とのパイプが太くなかった。

〝コロナ恐るべし〟を決定付けたのは、実は一人のタレントの死であった。

志村けんである。

私も彼とは、時折、銀座ですれ違い、言葉を交わすことがあったが、スター特有の傲慢(本人の意識とはかかわらず、そう見えるものだ）な所がいっさいなく、シャイな飲み方をする人であった。大人の男として、どこか周囲が安堵を貰える、珍しい人だった（本物であったと言うことだろう）。唐突なタレントの死の報道に、葬送ができないという報道が重なり、コロナに抱くイメージが一気に変容した。私も報道を見ていて痛々しかった。

それでもコロナの実体は見えなかった。

いったい何人が感染し、その中の何人が軽症で、何人が重症なのか、そして何人が退院をしたかわからない。イタリアでは人工呼吸器を患者に使用する際、老人と若者で扱いが違うと報道されていた。

そんな折、ネットで〝封城武漢〟なる報道を見た。最悪の事態が何かわかりかけてきた。

それでもなおコロナが何かがわからぬ日本のマスコミは、データと新顔の医師に頼った。

新顔の医師の説明は不明瞭で、何が一番肝心なのかが見えなかった。

そのうちオカダという名前の女性が毎日のようにコロナの話を〝わがものの病気〟のような口調で話しだした。少なくとも私には、彼女の口調はそう聞こえたし、見えたものの中で奇妙なものがあった。それは彼女の着ている衣服、髪型が頻繁に変わるのだ。

「誰なんだ？　この女医さんは？」

苛立って家人に訊くと、

「テロップが出てるでしょう。大学の病院の女医さんじゃないの？」

「女医がなぜ、こんな派手な服を着とるんだ？　なぜ白衣を着て出てこんのだ？　昨日と髪型が違ってないか？」

「あらっ、あなた、よくそんなことに気が付いたわね。結婚したばかりの頃、私が悩んだ末に長い髪をバッサリ切った時、一ヵ月も気付かなかった人が。あなた意外と東京へ行ったら、女性の着てるものを誉めたりしてるんじゃありませんか？」

「そ、そんなことを君に言われるために、私はこのオカダという女医さんの話をしたんじゃない。普通の大人の男の目からすると、これほどの大きな病気の現状を説明するのに、彼女の身なりに対する姿勢がおかしくないか、と言ってるだけだ。これだけ感染症の専門医が登場しているのに、マスコミはなぜ、彼女の答弁の方にカメラをむけるんだ？　それが今回のコロナ全体の報道の不明瞭さを物語っとるんじゃないのか」

考えてみれば、彼女は可哀相な立場だった。彼女が丁寧に説明しても、話していることに明確な答えがないのだから、話す時間だけが長くなり、結論がないまま次に移る。同時に彼女以外の専門医がすべて男性であったことも奇異に映った。

孤軍奮闘、よく頑張ったと思うが、やがて現場をよく知る男性の医師が発言をはじめ、それまで登場していた感染症学会の（偉い？）人の説明の曖昧さが見えはじめた。

〝専門家会議〟という訳のわからぬものまであらわれた。とはいえ、ひとつのことに専念し、日本のトップに昇った輩が、経済のことがよくわからぬ、とレッテルを貼られるのは気の毒であった。

以前、〝賢人会議〟というものがあったが、あれも訳がわからなかった。

今は第二波とアメリカ、アフリカの異様な感染のひろがりがどうなるのか見つめるだけである。

専門医たちも、彼女も、大衆からすれば〝コロナの顔〟なのである。

〝コロナの顔〟の一人に、タレントの石田純一氏がいるが、感染したうえに批判を受けたのだから可哀相であった。しかし彼は、あの報道でどれだけ全国のゴルフコースが損失を受けたかも知らない。ゴルファーの大半も、あの報道で迷惑を被った。

不器用なほうがいい

仙台に戻ってみると、東北一のバカ犬は尻の微妙な所の具合いが悪くて、病院で数針縫われた跡が糸までのぞいて、ぶさいくな（私にはハンサムに見えるが）顔以外、左前足の付け根にはピンポン玉くらいの脂肪の固まりがあるし、あちこちに人の小指の先程の大きさの血の固まり。足の爪の調子も悪いし、耳はもう聞こえないし、寝起きは目も見えていない。満身創痍である。

それでも私が帰宅をすると、大変な喜びようで、しっぽを振り、とび跳ねる（当人は跳ねているつもりだが身体が上下するだけだ）。

嬉しいことである。人生の中で、生家にいる時も、上京して所帯を持った時も、これほど自分の帰宅を喜ばれたことはない。

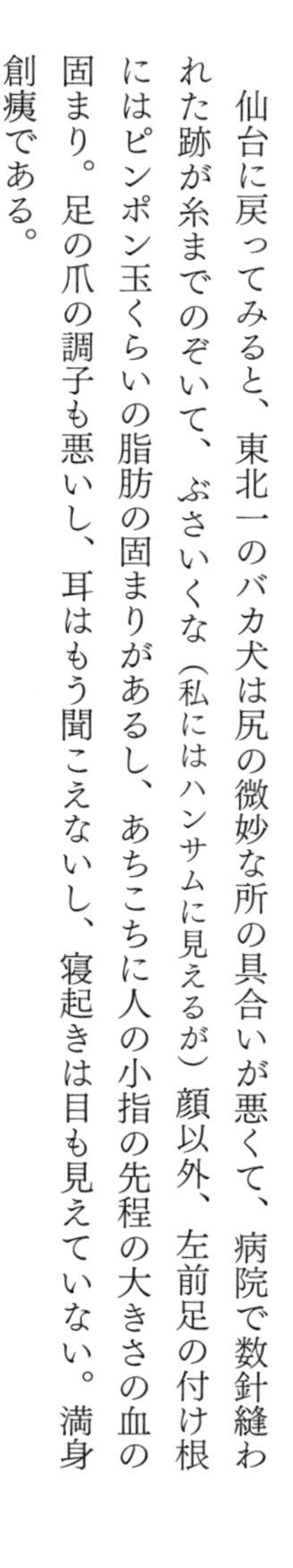

何か物を食べている時間以外はほとんど横になっている。

あんなに好きだった散歩も億劫らしい。

食事、おやつの時刻になると、ムクッと起き出して、私の仕事場と家人、お手伝いさんのいる部屋を何周か往復する。

昔のように仕事場へ野球のボールやぬいぐるみをくわえて来て、

「遊んでくれ」

と訴えることもなくなった。

淋しいような、切ないような……、しかし受け入れるしかない。

木というものは（木にもよるが）何百年も生きる。犬は人間の六倍の速さで生きると聞かされた時、それが具体的にどういうことかがすぐに理解できなかったが、今はわかる。

人は、時折、それを実際に目で見てからでないとわからないものがたくさんある。

戦争、紛争と言ったものもそうである。

今の日本人の九割以上は戦争が、紛争が何であるか、実感が持てないのが本当のところだろう。

中村哲医師の遺体が、帰国した。残念なことである。残念と言うより『ペシャワール会』

の人たちは無念であろう。

アフガンという国も、紛争の実態を知らぬ私たちにとっては非道な行為にしか思えないが、戦争には正義も、非道もないことをあらためて知る思いだ。

人間の内にあるものは、その人の顔付きに出る。中村さんの顔は実に良かった。

これまでに紛争地で亡くなった何人かのジャーナリストの人たちの顔が浮かんだ。

不思議なことだが、この二十年近く、子供も、若者も、大人たちまでが、昼、夜、夢中で享楽している大ヒットのゲームの大半は、殺戮の結果として、達成感を得るものである。

軍隊を持つ国には、必ず仮想のサバイバルをやり合い、戦闘服に、武器まがいのものを装備して、野戦まがいのことをする人々がいる。彼等の映像を見ていると、そこに快楽が間違いなく存在していることがわかる。

人間はやはりどうしようもないものを内に持って生まれているのだろう。

私はよく若い人にアウシュヴィッツへの旅をすすめる。戦争の残忍さを学ぶこともあるが、それ以上に、人間という生きものが、いかにおそろしい面を持って生まれているかを知ることの方が大きい。

ともかく人間は困った存在なのだ。

このところ新人が応募する文学賞の選考会へ選考委員として参加することが続いて、私が、これはと推した作品がことごとく落選した。どちらも物静かで、おだやかな作風であった。受賞作はわかり易くて、むこう受けしそうな作品だった。小説が以前より読まれなくなって、読者をひろげるには、そういう類いの作品がイイのだろうが、小説は何かの答え、結論を見つけるためにあるものではない。むしろ逆で、答えがない、もしくは答えが見えない点が、何度も同じ作品を読む行為につながるのではなかろうか。

いろんな小説があってイイ。その方が面白いし、本屋さんに人が行ってくれる（私の本も買ってもらえるかもしれない）。

新人は少し不器用であったり、一徹な面があった方が、ちいさくまとまらない点ではイイように思う。

午後、テレビを点けたら日本の男子ゴルフツアーの最終戦の、最終日を放映していた。

今平周吾選手が18番ホールの短いパットを打ち過ぎて優勝を逃したシーンを見た。

打ち過ぎなければプレイオフを戦えた（解説者はそう言った）かもしれぬが、当人は「入れて決めたかった」とインタビューで話していた。

――イイ選手だナ――、と思った。

去年くらいから今平選手がテレビ画面に映ると見るようにしている。男子ゴルファーではひさしぶりである。少しクラブを短く持って、ともかく振り切って見せる。爽快である。佳い伴侶にも恵まれて、これからの人である。

――あんなふうに一度でいいから振ってみたい。実にイイ顔をした若者である。

第四章
大切な人

一本の電話

スポーツの秋である。

ラグビーのワールドカップの日本での開催がはじまり、オープニングゲームが東京、調布の味の素スタジアムにおいて、日本―ロシア戦で幕開けした。

日本はロシアに逆転勝ちした。

次の対戦相手は世界ランク二位のアイルランドである。そのアイルランドとスコットランド戦も観たが、両チームとも強いなんてものではなかった。日本チームがアイルランドに勝つなんてことがあるのだろうか。

さしてラグビーに詳しくない私でも、万にひとつでも、という姿が想像できない。スピードとパワーがまるで違っている。ベストエイトに進出できれば大健闘だろう。

私がこの連載をはじめたのが十年前の今頃だった。本誌は売上げが低迷していた。雑誌の存続を賭けて、S君（当時はまだ君だった）が投入された。まさに背水の陣だった。取材でパリにいた私に一本の電話があった。

「伊集院さん、連載を一本引き受けてくれませんか？」親しい編集者のS氏だった。

「今は無理です。小説で手一杯なんです」

それでもS氏は本誌の事情を説明しまくった。高い電話代の説得だナ……。

私は困まっている人の事情に弱い。

「う〜ん。では書いた内容に文句を言わない。半年間続けて、人気コラムにはとてもなってないと私が判断したら、そこで連載打ち切り。そのふたつを承知してくれるなら」

連載のタイトルは、滞在のパリで二十八年前に一人の男が取材記者に言った言葉にした。

「大統領、愛人がいらっしゃるそうだが？」

「それがどうかしたか？」

大統領は平然と相手の記者に言った。さすがはフランスだと思った。

一回目の原稿は（今週号で四百五十を越えてしまっている）数日前に亡くなった歌手のマイケル・ジャクソンを扱った。全世界のマイケルファンの嘆き、悲しみが報道されていた。私が書いたのは、彼が係争中の幼児虐待についてだった。〝スターなら何をしてもいいのか？冗談じゃない〟そんな内容だった。没になるかと思ったら、担当者からS編集長の言葉が入った。

「これでイイ。こういう目が欲しいんだ」

連載一回目が掲載された週刊誌が届いた。もうその頃、週刊誌を読む習慣はなくなっていたが、パラパラと雑誌をめくると、オヤッ、と思うページが一、二ヵ所あった。それが、〝ラグビー男たちの肖像〟だった。

――よくまあマイナーなスポーツを見開きではじめたものだ。もしかしてこの週刊誌イケルカモナ？

私は作家になって今日本で発刊しているほとんどの週刊誌に連載でかかわって来た。廃刊になったものもある。

イケルカモナ？　と思ったのは、個性である。百人の読者の中の百人が支持するものには個性は存在しない。ラグビーはS編集長の趣味だと言う。雑誌は出版社の発行だから、出版社のものなのだが、先輩作家の黒岩重吾さんからこう教わった。「雑誌は編集長のものやで。その編集長に敬意をはらうのが作家や」

敬意ははらうが対立はおそれるな。ということだと思った。S編集長の個性を支持する人が買いはじめたのか、一時は売上げトップの週刊誌の背中が見えた。

そのラグビーが、今やスポーツ紙の一面である。先見の明があった？　そこまで誉めやしない。

運が良かったのである。会社でも、雑誌でも、さらに言えば国家であっても、運が良くなくては滅びる。

こう書いて、内輪話はやはりどう書いても善がり声をともなうので、ここまで。

東京オリンピックの話をしよう。出場決定の選手の名前が、やはりスポーツ紙を飾る。イベントも多い。その度に東京都知事の顔が出る。不愉快でしょうがない。カイロ大学を首席で卒業という噂の火元を考えると、おぞましいを越えている。そう思うのは、私だけか？

女子プロゴルフの渋野日向子が強い。スポーツにおいて〝思いっきりの良さ〟が大切なのを、この娘さんからあらためて教わった。三十数年前、田舎の高校生に野球のコーチをした時、そのことをきちんと教えられなかったのを、今にして後悔する。

スポーツ音痴という人がいる。またスポーツにまったく興味のない人がいる。少年時代にそういう友達がいた。初めてキャッチボールをした時、私が投げたボールをグラブで捕らずに顔で捕球した。鼻血が出て大変だった。

「君が最後までボールを見てたら大丈夫って言ったから……」

彼は今、立派な研究者になり、アメリカの大学でも教鞭をとっている。昨年、教え子の一人が来日し、逢う機会があった。

「教授に出逢わなければ今の私はありません」

スポーツなんて、たいしたもんじゃないって。日本のプロスポーツのスター選手に逢って少し話をすれば、そのことがよくわかる。

乗り越えた先に

ひさしぶりに東北一のバカ犬が、私を玄関で迎えてくれた。

以前ならタクシーのエンジン音がしただけで、近所中に響き渡る声で吠えた犬が、今はタクシーを降りる私を確認できず、近づいて名前を呼んでやると、そこで初めて尾を振り、身体を弾ませ、吠えた。

身体を弾ます揺れ方も、以前のようなバスケットボールのドリブルではなく、わずかに上下するくらいで、声だって吠え立てて近所の人が、あっノボ君のご主人が帰宅だ、と皆がわかる大声ではない。

ややかすれた声である。それでもバカ犬の嬉しさは伝わって来る。

抱き上げて耳元で囁く。

「よく夏を乗り越えたナ」

今年は無理かもしれないと思っていた。

ところが家人やお手伝いのトモチャンの二人が奮戦してくれて何とか、今は庭先に飛ぶ赤トンボを見ることができたようである。

どのくらいの奮戦かと言うと、短い間しか帰仙できなかった真夏の夜、家人は冬用のパジャマで寝室で休んでいた。

熱帯夜の中にバカ犬を置かないためである。一度、輪ゴムの仕舞ってある引き出しがわからず、夜遅く、家人とノボの休む部屋に入ると、ココはアラスカか？　というくらい冷えていた。バカ犬は快眠していた。

日中はトモチャンの家で昼寝。ここも寒冷地帯らしい。

私にはここまで出来ない。それどころか真夏の夜でもクーラーを使わない私と過ごしていれば、ノボはあっさり、兄チャン犬のいる世界へ行っていただろう。

家族と言うより、それ以上の暮らし方である。それ以上に大変なのが、フンである。

その日のうちに排出せねばならないフンを二人は必ず犬にさせる。

家の前の空地を、夜遅くになっても歩かせて排出させる。眠むい目をトロンとさせてバカ犬はあたりを歩き続け、ようやくしっぽを上に立て、アメリカンフットボールのセットのようなポーズを取る。そこまで行けば、なぜこれだけのフンを我慢してたんだ、という大量のフンを出す。

犬の方もすっきりしたのか、身体がシャキンとするようだ。フンをして来た報告を必ず仕事場にいる私に告げに来る。

「エライ犬だね」

まったく違う！

褒美のクッキーがもらえるからだ。

これをもう十六年続けている。

私ばかりが得な役で申し訳ないと思う。

ノボの、そんなさまざまな表情、姿、目の動きを十年近く、メモ用紙や、封筒の裏や、原稿用紙の端にスケッチをした。

それらの落書きを、東京のデパートの催しをする会場に展示した。

素人の描いたものだから、ただの悪戯描きである。こんなものをヒトサマに見せること自体がおかしいのだが、一緒に旅先で、犬のために拾って来たガラクタも展示してある。兄チャン犬、親友犬の写真もある。

大雪の中に三匹が雪だらけになって走っている気に入りの写真もあるが、扱いがちいさい。

バカ犬は自分の展示を見ることはできない。

そりゃしかたがない。犬だものナ。


ラグビーのワールドカップの日本チームの強さは驚くばかりである。

私は、アイルランド戦を、どうやっても勝てる姿が想像できないと書いた。

——申し訳ありませんでした。

敗れた直後のアイルランドの礼儀の正しさも感心した。

「死ぬほど練習をしましたから……」

勝因を訊かれた折り、選手の一人がそう言った。ホウーッ、と思った。

私も野球をしていた頃、これ以上ノックを受けたら死ぬかもしれない、と思ったことが何度かあったが、今年の日本のラグビーチームは、あれを毎日やり続けたのだろう。

限界に近い練習をすると、そこまでやった者にしか見えないものがある。あれは不思議な人間の能力である。

スポーツの中継はこの十年で驚くほどダイナミックになった。最大の要因はカメラの性能と配置されたカメラワークの進歩だ。

昔の中継では選手の表情が映し出されることはなかった。当然、臨場感、緊迫感が伝わる。それが観戦するテレビの前の人を興奮させる。たいしたものだ。アナウンサーの実況では映像に追いつかない。気の利いたことを口にすると陳腐に聞こえてしまう。

この頃はスタンドで観戦する人までを画像として流す。

あれを見ていて、アップにされた日本人応援団の、あのバカ顔と、はしゃいでばかりいるアホヅラにうんざりする。

いつから日本人はあんなに情けない観戦しかできなくなったのだろうか。

ともかくはしゃぐ。みっともない。

死はいつも隣りにある

大きな台風だった。昨夜のことだ。

三日前から、台風のこれまでにない大きさと、進路がどうやら関東にむかうというのでマスコミは注目せざるを得なかった。

私が嫌いな大半の気象予報士も神妙な態度で説明をしていたが、相変らずニヤつくような輩もいた。彼等、彼女等は気象の予測が社会にとって何なのかをおそらく考えたことがないのだろう。

こうなったのは国がそれまで厳格だった気象予報士の免許をイージーに与えるようになったからである。そこに売れないタレントや、テレビに出たいとだけ思っていた輩が一斉に、一夜漬けの丸暗記程度で試験を受け、いとも簡単に〝気象予報士〟という職業を得たからである。

　こうして大勢の人が犠牲になり、家屋を失って、これからどうやって生きて行くのだという人、街、里の惨状を目のあたりにしても、彼等は数週間もすると、聴視者が笑うような天気の予想をするだろう。

　自分たちが甘い予測をしたと少しでも反省しているなら、線香のひとつでも上げに行けと言いたい。バカモノどもが！

　昨夜は大変だった。東京で今仕事場にしているホテルの部屋は、机のそばに大きな窓がある。瞬間風速六〇メートルという突風が来たら、経験がない分、ガラスは粉々に割れて、破片が身体を傷付ける程度で済めば、まだイイ方だろうと思った。

　窓にガムテープを貼るかどうかを、時々、外の雨と風を見つつ、迷っていた。

　このホテルに自宅が近い、二人の若い編集者に連絡を入れ、「何かあったら、このホテルに来なさい。子供たちにも必要なものを揃えてあるから」と言った。私が用意したのではない。二日前まで上京していた家人が、私の仕事場に常備してある緊急の災害の折に必要なリュックサックの中身を点検し、不足している物を買い足してくれたからだ。

「少し多めに揃えておいてくれるか。ここの近くにS君とT君の自宅がある。二人とも三、四歳の子供がいる。何かあれば、ここに来るように伝えるつもりだから」

「わかりました」家人は彼等の家族構成を訊き買物へ行った。戻って来て、停電した際の緊急のグッズの確認をしていた。手際が良いのは、彼女も私も東北大震災の只中にいたからである。体験とはたいしたものである。

関東数県にレベル5の大雨特別警報が発表された。気象庁の広報官が言った。

「命を守る行動をして下さい」

――えっ、今、何と言ったんだ?

命を守る行動とは、具体的には何なのか?

これをもう少し事細かく説明すべきだったのではないか。高層マンションの何メートル以上の階に住む人、一級河川もしくは大きな河川のそばに住む人、背後が山または沢である家とか、その項目を一時間以上かけてもいいから具体的に説明すべきだろう。さらに言えば大停電になった時の対策がある。

私は報道を聞きながら、仕事を続けた。理由は、まず停電になると予測していたからだ。窓のそばに寄るなと言うが、机の移動をしていたのでは締切りに間に合わないし、停電になれば、そこで執筆は不可能になる。

幸い東京は難を逃れた。とは言え、台風の動きが少しズレていれば大変なことになっただろう。

私が少年の頃、生家は毎年台風に襲われた。海のそばに家があり、台風の通り道で、堤防が決壊し、夜半に鐘が鳴り続ける中、二階へ全員が避難した。床上浸水も二度経験した。皆身体を寄せ合って、水位を見守る父親を見ていた。

海に近い土地に新築した家屋に一家で居た折に襲って来た大型台風があり、父が、これ以上ここに居ては危ない、と判断し、子供一人一人を抱きかかえ横殴りの暴風雨の中を古い家に連れて行った夜もあった。

弟が海難事故で亡くなったのも、台風がまだ沖縄辺りだということで、冒険家の夢のために一人でボートの訓練に沖へ出たためだった。

何人かの友だちと家族も亡くなり、あちこちで通夜、葬儀があった。

この国土で生きている限り、地震、台風と人の死はいつも隣りにあると考えるべきだ。

今朝は雲ひとつない青空である。テレビは今も千曲川、阿賀野川、阿武隈川……の氾濫の様子を映し出している。亡くなった方は勿論だが、その人たちの家族にお悔やみを申し上げたい。泥水をあびた家屋が復旧するのはかなりの時間と費用がかかるだろう。国は特別予算を早急に出さねばならない。

昨夜、一人で雨風の吹き荒れる空を睨んでいた時、大人の男はまず自分がどんな状況でも立っていられる体力と、次に力のない人に手を差し伸べる体力と考え方を持ち合わせねばならないと、あらためて思った。

慎しみ深く生きる

仙台で朝の仕事が一段落して庭に出た。

まだ十時過ぎなのに、陽差しが強かった。暑くさえ感じた。

「小春日和(こはるびより)か……」

中学生の頃か、国語の授業で、この日本独特の気候の表現を習った。

教師が私を名指(なざ)しして訊いた。

「小春日和とは、いつ頃の日和のことだ?」

教師は生徒にさまざまなことを教える時、その答えがわかっていても、敢えて質問という
カタチでそれを訊く。教え方のひとつとしてはごく自然なやり方である。

ところが世の中にはツマラナイ輩がいて、会話を交わしていていて、いきなり、

「△△って何のことだかわかりますか？」

「××がなぜああなるか知っていますか？」

という話し方をする人がいる。

私の周囲にはほとんどいない。それは、そういう会話のやり方をすると、私が注意をするからだ。

「君、どこで覚えたかは知らぬが、そういう会話のやり方はやめなさい。訊かれた人がその答えを知らなければ、そんなことも知らないのか、と相手を試しているように聞こえるし、仮に知らないとわかって、君がその答えを話し出せば、まるで君が相手より物事を知っているように見える。そういう話し方は下品で、傲慢にしか聞こえない」

〝蘊蓄（うんちく）〟という言葉があるが、あれも大嫌いである。品性の欠けらもない。美食家と呼ばれる、どうしようもない連中が語る内容も大半がこの蘊蓄である。その文章を読んでいても下品としか思えない。

大人の男は、それを十分知っていても、「さあ、詳しくは……」と応えねばならぬ時が多々あるものだ。それを待ってましたとばかり喋り出すのはただのガキで、バカである。

日本人を感動の渦に巻き込んだラグビーワールドカップの主将、リーチ マイケルの話し方には、この謙虚(けんきょ)に似たものがある。

ひとつの国の言葉を学ぼうとすれば、その話し方、言語の意味、音韻をマスターすることも大切なことのひとつだが、その言語を生んだ国家、民族の生き方を理解することは、何より大切なことだと思っている。

日本語で言えば、日本人が長く大切にしてきた謙虚、慎しみ深く生きる姿勢である。

駅前の英会話教室で習うビジネス英語や、スピード×△□○だけでは、真の言語が身に付かないのは、そこにある。

話が逸れたので、小春日和に戻そう。

教師に、それはいつ頃の日和か、と尋ねられた私は、小春ですから、春の初めっくらいですかね、と答えた。

「それが実は違うんだ。中秋から冬の初めに少し寒い日が続いた後、その日から急に陽気がよくなった日々の天候を、小春日和と呼ぶんだ」

「どうしてですか?」と青二才が訊くと、

「日本人は冬にむかう季節、春が待ちどおしいからかもしれないね」

私は、この折の教師の話を忘れない。と言うのは、彼は続けてこう言った。

「北米、アメリカでは同じような時期のこのような気候を〝インディアン・サマー〟つまりインディアンの夏。ロシア、北欧などでは〝貴婦人の夏〟〝老婦人の夏〟と呼ぶらしい。日本人は春を想い、欧米人は夏を懐しむって訳だ。面白いだろう。世界は広いね」

今秋は雨が多かった。それ以上に台風による被害が半端ではなかった。

私も上京して以来（五十年余り）、初めて近づく大型台風のために準備した。

「命を守る行動をして下さい」というのは気象庁、一庁から発信される類いの情報、そこで使う言葉として、どこか違う気がした。政府のしかるべき機関が責任者をともなって市民、国民に発信すべきだ。この言葉を聞いて、北朝鮮のミサイル発射の時、東北地方だけに鳴らされる携帯電話の緊急警報に似ていると思ったし、古く言えば太平洋戦争時に各都市で、空襲警報のサイレンのみで発信したカタチと似ているのではないか。

東京を初めてあの規模の大型台風が襲うと報道された。神田川は地下の貯水スペースがなかったら大惨事を起こしたのではないか。なのに都知事の動きがまったく見えなかった。この知事の行動に疑問を抱いているのは私一人だけなのだろうか。

今回のマラソン、競歩の札幌への移転での行動を見ていても、あれはＩＯＣと都知事の普段の会話不足が原因ではないのか。ドーハでの惨状を見た時すぐになすべきことがあったのではないか。私には都民の大半が抱いているこの知事への疑念を回復するだけのパフォーマンスにしか見えなかった。

マスコミの一部が今回のことで「都民ファースト」などという訳のわからぬ言葉に惑わされて、間違った評価をすれば、東京の空は台風どころか暗雲しかひろがるまい。

事情

正月を一家全員が揃って迎える家族が、日本中で何家族あるかは知らないが、おそらく全戸数の三分の一もないのだろう。

さまざまな事情で、皆が集まることができない。

仕事の人もいれば、遠くに住んでいるために逢いにいけない人もいるだろう。

人間は大人になればなるほど、生きる上の事情をかかえる。

一家全員が揃わないのは、年齢的な理由もあるだろう。

なぜそうなったのか。

それは現代社会の構造が、そうさせてしまった。

同時に、正月というのが、いったい何なのだろうか、と思う人も多くなったのだろう。

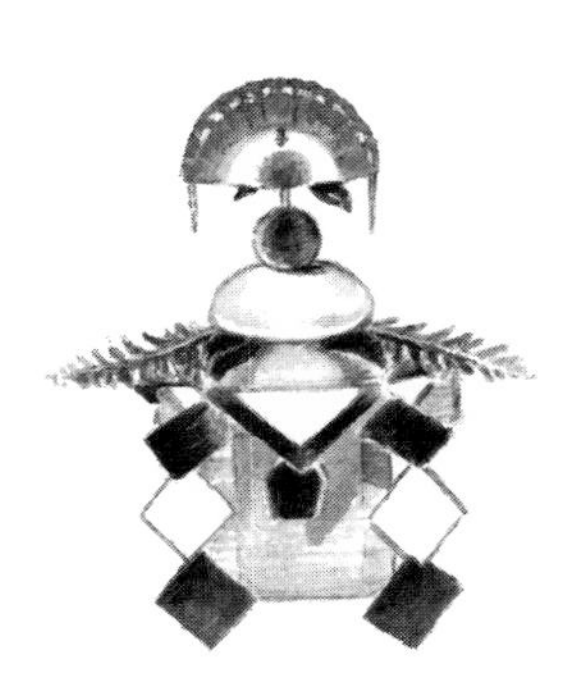

私は今年も、正月は生家のある山口県のちいさな港町の一角にある家で迎える。

ほぼ四十数年、私は生家に帰り、正月を迎えている。

亡くなった父がそうさせた。させたというより、半分、命令であった。

嫁いだ娘以外は全員が帰省して、父と母に挨拶して、新しい年を迎えた。

若い時分は、正月にスキーに出かけたり、温泉へ行く人、海外旅行にむかう友や、後輩が羨やましかったことがある。

三人の姉たちは皆上京して洋裁学校へ通わせてもらっていたが、全員大晦日（おおみそか）前には家に帰り、母やお手伝いと正月の準備をしていた。

それが当たり前のことだった。

社会の流行りや、雰囲気のようなものは、父にはいっさい通用しなかった。

「皆が無事に揃って、正月は迎えるものなのだ。一人でも欠けてはならない」

お年玉も、年の数だけ十円玉をもらった。

他の家ではお札をもらった友だちもいるのは知っていたが、自分の家のお年玉は、こういうものなのだ、と子供ごころに理解をしていた。

姉や妹は買いたいものもあっただろうから、あとで母が少し足してやっていた。

私と弟の二人は、私がお金に興味がなかったので、自然、弟も同じようで、ポケットの中の八十円なり、弟の四十円で、外へ行けば駄菓子屋で何かしらのものが買えた。

初詣へ行くと、参道の両端に屋台の店が立ち並んで、子供がやりたい、欲しいものが並んでいたが、私も弟もじっと見るだけだった。

弟が何かを私にせがむこともなかった。

今思うと、物が足りていたのだろう。親に感謝すべきであったが、あの頃、そんなことを親にむかって口にしたら、

「熱でもあるのか？　おまえたち」

と父は言っただろう。

秋から新聞小説を連載している。

主人公は、のちに文学者となる夏目漱石だが、一高（第一高等中学校）に通っていた漱石も、正月は牛込の実家に戻っていた。その様子を同じ一高の友人である正岡子規に宛てた手紙の中に書いている。

――当年の正月はあいかわらず雑煮を食い寝て暮らしているよ。寄席小屋には五、六回行って、一日神田の小川亭で女義太夫を聞いた。これがなかなかの掘り出しものの芸人で、兄

が言うには『芸が良いと顔までよく見える』と。君はそれをどう思うね?」

漱石は牛込の名主の五男坊に生まれ、両親とも高齢だったために〝恥かきっ子〟と見なされ、里子に出された。姉の一人が、すぐに里子も、と心配して様子を見に行ったら、里親が古道具屋で、新宿の屋台の古道具を並べた板の隅に籠に入れられて並べてあったそうだ。姉は怒って、すぐ抱いて帰ったという。

近代の大文豪も、実のところはいろいろあって、それを半分想像して書いていると、彼の人間らしさが見つかるかも、と毎日書いているが、なかなか上手くはいかない。

松の内で、五、六回寄席小屋へ見物に行くと書けば、よほどの寄席好きに思えるが、そうではない。当時の東京(明治二十三年頃)には一町内にひとつ、ふたつ寄席小屋があった。江戸の最盛期はもっとあったという。

つまり寄席は町内の人の楽しみのひとつであり、遊びに行く中心でもあった。

講談、浄瑠璃(じょうるり)、義太夫、落語を子供時分から聞いているし、女たちも好んで出かけた。物語というものを江戸っ子はよく知っていたのである。

これが小説というものが、日本で初めて発刊された時、庶民が手にして読んだ所以(ゆえん)のひとつでもある。

寄席小屋は私たち小説家の恩人であるのだ。

だから小説は庶民のためにあって当然なのである。小難しいことを書くより、元旦の晴天のように、澄んで明るいのがよろしい。

しかしこれがなかなか難しいのだ。

二人で眠るとしよう

プロゴルファーの松山英樹がハワイでのトーナメント（ソニーオープン）で四日間を60台でラウンドし、-15（15アンダーとも言う）でプレーし、最終日、後半のラウンドまで優勝のチャンスに位置し、19位でプレーを終えた。試合後のインタビューも清々しかった。

早朝からテレビ観戦を続けた私としては、ひさしぶりに見応えのある松山選手だった。圧巻は大会二日目の後半の9ホールで、5バーディ、1イーグルでハーフ28打はこのコースの記録に並んだそうだ。

こう書いても、ゴルフがよくわからない人には何のことか、チンプンカンプンだろう。

私は去年の夏前くらいから、令和の松山はイイゾと書きはじめた。コロナ禍でアメリカのPGAツアー（松山が参戦しているツアー）も開催があやぶまれ、無観客、出場選手のPCR

検査など、制限をして遅れての開催となった。そこでの松山のプレーが去年よりあきらかに変わっていた。

——おや、今年は違うぞ。

それ以前にコロナ禍で帰国し、仙台にいた彼とゴルフ練習場で逢い、挨拶して貰った。話をしていて、何かが違うナ、と感じた。

何年間もの厳しいトレーニングの成果が出て、ゴルフも変わったのだろうが、そんなことはたいしたことではない。やはり人間として、物事の捉え方、考え方が変わったのだろう。結婚し、子供ができたこともある。ゴルフはメンタルのスポーツだから、内面の変化、成長がプレーにあらわれる。彼もそうかもしれない。私たちの目には見えない、辛い、苦しいこともあったのだろう。今年のマスターズはおおいに期待できる。

私は松山選手がマスターズで素晴らしいプレーをしたなら、私の作家としての仕事も、もう少しイイカタチ（具体的には佳い作品を書くことができる）になるかもしれない、と勝手に思っている。

もうすぐ手術から一年になる。再発もせず、休載中の連載も再開し、趣味のゴルフも週に一度、出かけられるようになっている。以前からやろうと思っていたこともやるつもりだ。

例えばフランス語をきちんと勉強し直す。もうフランスへ渡ることはかなわないかもしれないが。それなら次はラテン語をやればイイ（欲が深いネ。いやこれは欲とは無関係である）。

手術、入院で私のゴルフも変えざるを得なくなった。後遺症ではないのだが、左の肩から指先までの痛みがヒドイ。これは平瀬雄一先生という名医が、少しずつ治してくれている。嬉しい出逢いだった。仙台の雪が溶ける頃には散歩、柔軟体操を、生家の母のようにしっかりやって鍛え直すつもりだ。

今、三年後、五年後の小説連載の依頼が来ているが、去年なら引き受けることはできないと、自分の身体のことを考えていたが、今は違ってきた。

この二週間は直木賞の候補作品を読む日が続いた。

手術後、定期的に通っていた目の治療（黄斑変性症）がかなわず、左目がかなり悪くなっており、読書が辛い時がある。

天眼鏡を取りに仕事場を出て、テレビの前を通ると、「レオナルド」と「最後の晩餐」という文字が目に入った。立ち止まって音量を上げると、日本の調査隊がレオナルド・ダ・ビンチの『最後の晩餐』がフレスコ画かテンペラ画かを調べていた。その調査隊のトップの名前が香とあった。女性である。たいしたものだ。結果はテンペラ画とわかったらしい。十二月の終わりに、この作品に関する原稿を書いていたので、その文章を訂正できるのが素晴らしい。と言うのは十六年前にスペイン美術に関する本を出版し、二年後にフランス美術の本を出版した。その折、すぐにイタリア編を出版予定だった。ところが、これがモタついた。もうすでに約束から十七年経っている。一昨年、去年と出版予定が延びて編集者に迷惑をかけた。今年は何が何でも出版するという編集者の熱意に圧倒され、毎日せっせと書いている。

それにしても十七年は、私の年齢では長過ぎる。

十七年余り、私たち家族の中で、宝物のようにかがやいてくれていた愛犬が一昨夜、天命をまっとうした。

十七歳と半年である。十日余り前からほとんど食物は摂れなかった。摂れば、皆吐いてしまう。かた時も離れずにいた家人の絞り出すような泣き声が響き、彼女の胸の中で、ヤンチャ坊主は静かに目を閉じていた。

昨夜は、家人の希望で、私は自分の寝室でバカ犬と二人で寝た。夜半何度か目覚め、私のほうに顔を向けているノボを見た。

いろいろ思わないほうがよかろう。まずはしばらく、二人で眠るとしよう。

ともかく、ありがとう

亡くなった東北一のバカ犬こと、ノボが我が家に初めてやって来た日のことはよく覚えている。

ぶさいくと言っては失礼だが、決して可愛い部類に入る面相はしていなかった。

――これじゃ、二ヵ月ペットショップで売れ残っていたはずだ。しかし悪くないゾ。

それでも好奇心が旺盛なこの犬種の特徴か、私をじっと見る目に、今まで見てきた犬とは違う〝孤独〟のようなものを感じた。

庭先で片手の掌に乗せた（それほどノボは小さかった）。

五月の青空が、この小動物の瞳に映っていた。以降、彼が大好きな晴天の空色である。見上げれば家人が苦労して育てたクレマチスが、バラ柵に見事に咲いていた。

初めまして　飼い主です　クレマチス

二〇〇三年五月二十日

名前はどうしますか、と聞かれた。俳人・正岡子規の幼名の升(のぼる)から、西山乃歩(のぼる)とした。ノボの誕生である。ペットショップで飢餓状態だったのか、ともかく食意地がスゴイ。私の指の先にからかい半分で乗せたフードをガブリ。私の指の腹は見事に、針で刺したように丸い血豆がふくらんだ。

——ホウーッ。野性だのう、お主。

それからの数年間、ノボはすでに家にいたお兄チャンのアイス君、友達のラルク君の下で、一匹だけ年下で彼らのやさしさに包まれて成長していった。

一歳になる前、彼に災いが襲った。パルボウィルス感染症。致死率95%。医師も助かることはまずないと言った。彼は体重と同じ量の血を吐いた。家人は祈り続けた。ニューヨークからノボのために祈ってくれる人もいた。ヤンキースの松井秀喜さんだ。最後の最後、倒れていたはずの彼は、医師が出したフードを食べようとして、起き上がった。それから一進一退の治療が続き、十日後に生還へむかった。不思議なことだが、元気に家に帰ってきた彼の顔から、あどけなさが失せていた。三歳を越えた頃、この犬はひとりで私の仕事場に来るようになった。他の二匹はいっさい近づかなかった。

突然、彼が仕事場にやって来ても、私は仕事に手一杯で犬にかまってやれない。

私は少年の頃、父のするユーモラスな行動を興味深く見ていたことがあった。

父はまるで人間に話すように、犬にでも猫にでも、鶏にでも、池の魚にでも、話しかけた。

「そうか、おまえは今、ここにいたいのか。どうした、どこか調子が悪いのか。こっちに来てみろ。ほら、これでもう大丈夫だぞ」

少年は何がどう大丈夫かもわからなかったが、父の手や言葉に触れた生きものたちが、例えば鶏が急にけたたましく鳴き出すのを見て、

——へえーー、ちゃんと通じてるんだ。

と感心し、同時に人間と他の生きものは会話をすることができるのだと信じた。これを早いうちに学ぶと、生きものに対する考えが根本的に違ってくる。名著『ソロモンの指環』ではないが、通じると信じて接していれば、生きものとて、相手の言葉を理解しようとするし、信頼も増す。

「今（夜半だが）、おまえに遊んでくれ、と言われても、ぐうたら作家は珍しく明朝までの締

め切りがあるんだ。少し待てんか？」

それでも身体全体を揺らして、くわえた人形を左右に振る。

「わかった、わかった。これでまた日本の文学は後退せにゃならんが、この頃の日本人は携帯電話ばかりいじくって、孫正義とか、ホリエモンとか、バカ面した男が一人前の顔をして歩く時代になってるし、どうせ文学、本なぞ読みはしないだろう。じゃ遊ぶか」

斯くして朝まで二人で遊びほうけて、早朝目覚めた家人に、一階のフロアーが滅茶苦茶に散らかってるのを見られて、怒鳴られるのであった。ともかくそのあたりから、この犬だけが、私が帰宅するのを待ち焦がれるようになったし、上京するのを玄関まで見送ると、出て行くな、行かんでくれと大声で吠えるようになった。そうなりゃ、バカでも可愛くなるのが人情である。〝東北一のバカ犬〟の名称を頂き、押しも押されもせぬ、愚犬への道を走るようになったのである。

カントの純粋理性批判を読み聞かせ、松井秀喜選手のホームランを見せて、二人して歓声を上げ、武豊騎手の圧勝に感心する日々が続いた。十六歳を過ぎたあたりから、左脚が弱り、得意の全力疾走ができなくなり、春なら北帰行の白鳥を、夏なら満天の星を仰ぎ見ることのほうが多くなった。

あの東日本大震災を生きのび、晩年はコロナ禍の中でぼんやりと私を見ていた。考えてみれば十七年の歳月の中でも、彼には生命（いのち）の危機は何度かあったし、大勢の犠牲者が出た災難とも遭遇した。犬一匹でそうなのだから、ましてや強欲の一点張りの人間なら、無事に生きてるほうがおかしい。

私も生まれて初めて、生き死にの手術をしたが、こうして生きのびて、次の小説にむかって歩き出している。

ともかく。ノボよ、ありがとう。

真っ先に咲く花

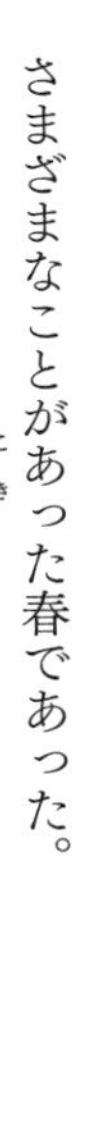

さまざまなことがあった春であった。
二月の初めに、〝古稀（こき）〟（七十歳になること）を迎えた。
満の年齢を迎える十日前、私は大病を患った。大病というものは、これにかかったものにとっては自覚がない。クモ膜下出血である。私は手術後、意識が回復しないまま十日余りが過ぎていた。
その間、病室の外では大騒ぎであったらしい（らしいとは悠長な表現だが）。当人はその間、夢想の中でいろんな国を旅し、完治し、病院からゴルフコースに直行し、宿敵と二日間にわたるマッチプレーをやり遂げて勝利した。トランプ大統領（なぜ彼がそこにいたのかわからないのだが）からカップを授与され、晋三さん（安倍総理までいたからもう滅茶苦茶な夢想である）

から祝福の言葉を受けた。

私が生還し、百五十日振りに原稿が書けるほど元気になったのは、担当医師、看護師たちの昼夜おかぬ懸命な奮闘もあるが、何より、誰よりの貢献者は、実は家人（妻）である。あの物静かでおとなしい、人前に出るのが苦手な仙台のお嬢さんが病室のドアの前に仁王立ちし、鬼神のごとく指示を出し、手術の判断を医師と堂々とやり合ったというのである。廊下の隅で涙ぐむ編集者、嘆きの声を上げる親族……家人はその中で一人気丈に、〝必ず生きて仙台に帰し、もう一度仕事をして貰います〟と決心していたそうだ。

〝生きて仙台に帰し〟と書いたが、この病気、生きて帰る人はたまにいるが、ほとんどの人は重度の後遺症をかかえて余生を送る。

ともかく厄介な病いであるようだ。

意識が戻り、リハビリをはじめ、回復振りのめざましさに、奇跡だ、こんな人初めて見た、素晴らしい、と言われても、私は何とも応えようがない。現実、今も同じ病気で戦っている人、その人の家族、もしくは残念なことになった人と家族、友人の方がいるのだから自分一人が喜んでいられるはずがない。

この状況をどうとらえ、どう受け止めて生きて行けばよいのか、その対処法に或る程度の答えを出すのに二ヵ月近くを要した。この病気は他の癌疾患や血液の病気、糖尿の方も全員そうだが、再発した折、または症状が進んだ時への覚悟を持たねばならないからだ。

結論、〝生きよ、と与えられた生命であろう〟。

〝天命〟でもかまわぬが、私は若い頃から長く無神論者であったので、早々わかり切ったような、悟ったことを口にできない。


五月中旬、ともかく与えられたのだからと、この原稿を書きはじめ、急に入院し、途中で休載になっている小説、随筆の連載の準備にかかった。

小説はようやく目途が立ったが、毎週書いていた週刊誌は日々世間で起きる現実、社会のあり方をどう書くかであるから、難しい。

まずは、新型コロナである。

日本における被害も多大だが、世界規模で見れば、ペスト（一三四八年～一四二〇年）、スペイン風邪（一九一八年～一九二〇年）に並ぶ、大きな病魔に襲われた。

――人類は全滅するのか？

というバカなことを言う者まであらわれた。そんなウィルスが存在するわけがない。人間を媒介として伝染し、生存するものが、彼等の生きる場所である人間を全滅させるわけがない。

私は最初のコロナ報道を病室のテレビで見た。奇妙なカタチのフェリー船が停泊する姿であった。次が武漢という中国の地名だ。このあたりまではウィルスとの繋りが見えたが、次に屋形船、個人タクシー組合、武漢へ飛行機を飛ばすというあたりから、ウィルスの姿、能力が見えなくなり、報道が迷走をはじめた。まずウィルスの発生した場所、国、一番広がっている地域のおよその断定ができなかった。厚労省の感染症部門の能力の低さと担当大臣の不勉強と判断力の甘さが露見した。初期の判断ミスが大勢の死者を出したことは間違いない。

——コロナがどんなものか？　誰も知らなかった。

感染したという話、人数ばかりの報道が優先し、いったい何人が感染し、何人が入院し、いずれ何人かが退院できそうで、逆に何人が亡くなったのかがまったくわからなかった。

この時点で、コロナは四十年前、エイズがひろがりはじめた頃の、感染すると〝すぐに死んで、生き返ることはできない〟というウィルスと同じイメージしかなかった。

マスコミは総動員をかけて免疫学の医師、すでに現場を離れ権威だけを持つ元医師を次から次に登場させた。ところが彼等の中には、テレビすなわち国民にむけて解り易く、この感染症を説明できる者が一人もいなかった。毎日、朝と夕、違った元医師があらわれ勝手なことを話すだけであった。

私は自分の主治医をして下さった医師が長く免疫学で活躍した人であったから、胃や腸を切ったりする外科と比べて、免疫学は長く地味な存在であったのをよく知っていた。だから目に見えて改善したり、治療結果が表われる外科と比べると、ワクチンなどを開発するのに十年を要するものが多くある。

ところが、これからの人類の最大の医療テーマが〝ウィルス〟であることは四十年前から知れ渡っていた。

朝から夜まで、この実体のわからない病気の報道がくり返された。その主役媒体はテレビであった。人々が外へ出ないのでその力は絶大になって行った。だから自分から検査へ行こうとする人々はすでにパニックになっていた。

〝陽性なら私は死ぬ〟〝それだけじゃない、私の夫も、子供も、母も皆死んでしまう〟。この状態で病院、保健所に押しかけられれば、接する方も冷静になれない。そこに火に油をかけるごとく、一人の有名タレントが感染したことが発表され、入院後ほどなく死んでしまい、家族でさえ、彼を葬送することができないことが報道された。死を送ることができないとわかったのは衝撃だった。これまでいかなる病いであれ、人類は、家族、知人の葬送をして来た。これまで経験したことのない病いとわかり人々は、これをおそれ、恐怖がひろがった。

このような時、統治者、政治家のなさねばならぬことの鉄則は、人々の恐怖、おそれを解消し、それまで培って来た国民性を信じさせることだ。この方法で多くの国家が救われたことを私たちは歴史で学んでいる。

第二次大戦の焼け野原から復興できたのは国民一人ひとりが踏ん張れば何とかできると信じたからだ。それを救うべく、政治家も、国民も歩みはじめた。天皇は終戦の詔勅をし、自ら城を出て人間宣言をしたのである。これによってあらたな原子爆弾の攻撃と他の集中爆撃で日本の各都市を攻撃されないことを知ったのである。これを国民が信じなかったらおそらくこの国は朝鮮半島のようにふたつに分れていたかもしれない。

志村けんの死亡は人々に衝撃を与えた。コロナの強靱さを思い知ることになった。そこに一人の政治家が〝ロックダウン〟という言葉を平然と使ってさらに国民を恐怖に陥れた。東京都知事・小池百合子である。パンデミック、オーバーシュートと訳のわからぬ言葉が飛び交うようになった。ロックダウンは戦争時に使用される言葉で〝封鎖〟のことで、その背後に、戦車、銃を構えた兵士を立てることを意味する。そんなことも熟慮せずに横文字好きの政治家は口を滑らせた。

では今回、突然、あらわれたコロナという大型の感染症に私たちはどう対処したらいいのだろうか。

その答えは歴史の中にあって、ヨーロッパ社会においても八百年から千年に一度、ペスト、コレラ、天然痘、スペイン風邪などの伝染病がやって来ている。

記録によると大勢の死者を出し、街によっては潰滅した地域もある。

しかし今はコロナと戦いながら、ヨーロッパの国々は歩み続けている。先述したように人類が感染病で滅びることはない。なぜか？　人類の誕生、進化にはおそるべきエネルギーと偶然の重なり合い（奇跡の連鎖と言ってもいいが）が必要であった。私たちの肉体、立っている環境には、信じられないエネルギーと奇跡の連鎖があるのだ。この目に見えないエネルギーが、ウィルスと戦い続け、やがてワクチンや彼らを封じ込める方法を創造するだろう。

事実、ペストもイタリアから中央アジアに去り、その後にルネッサンスは素晴らしい芸術を生み出した。その上、経済もペスト以前より繁栄したのだから、人間が持つエネルギーと忍耐力、チャレンジ精神は素晴らしいものなのだ。

コロナも、やがてどこかに去る時が来るだろう。コロナ自身が去ることはない。なぜならコロナは人間の身体がなければ何もできないからだ。それをさせるのは、やはり私たち人間だ。

そう信じることだ。

SARS(サーズ)もAIDS(エイズ)も、今は様々なワクチンの開発と人々の迅速な隔離政策で、大量感染をおさえている。

私の経験から申せば、コロナは地震と似ている。突然、やって来ることもしかり、大勢の人が被害を受ける点もそうだ。百年、二百年に一度必ずやって来る点も似ている。そうであるなら、私たちは必ず対処法を見つけ、それを実行できるはずだ。

四月、私はようやく仙台の家に帰った。

車から降り立った私を家人とお手伝いのトモチャンがまぶしそうな目で迎えてくれた。ワン、家人に抱かれた東北一のハンサム犬が吠えた。

すでに薫風流れる庭に皆が出た。

「あら、咲いてくれましたよ」

　と声がして、そちらを見ると家人が嬉しそうにしていた。やがて指の先に摘まれた美しい紅色の花があった。

「何だね？」

「万作ですよ。二年前にここに植えかえたのですが、去年はダメでしたが、今年はこんなに見事に……」

　花を受け取り、愛犬の鼻に近づけると音を立てて花香をかごうとした。

　バラだと何度か匂いをかぐが、万作はさほどでもないらしい。ノボ（愛犬の名前）は人間の年齢ならとうに百歳を越えている。歩くのもヨチヨチ、トボトボである。

　百歳と言えば、山口の田舎に内緒にしていた私の病気のことが、新聞記事で百歳を迎える母の知るところとなった。

「タダキさん（私の本名）、あなた大変な病いだったのですね。よく生きて帰られました。おめでとう。あなたどうなんでしょうかね？」

　母が急に尋ねた。

「何がどうなんですか？」

「クモが巣を作ってあなたを待ち受けていたんですかね」

「お母さん、そのクモとは少し違うんだ」

「でもよく手や足に絡みついたものをほどいて帰って来られました。防府（生家のある町）の人も何人もお宮参りをしてくださったそうよ」

「それはいずれお礼を言いましょう」

「いや、あなたは仕事があるもの。私がもう言って回りました」

「それはまずもってありがとうございます」

万作の花名の由来は、真先に、先ず咲くである。

あらためて皆さんにまずお礼を申し上げる。

【著者略歴】

●１９５０年山口県防府市生まれ。72年立教大学文学部卒業。

●81年短編小説『皐月』でデビュー。91年『乳房』で第12回吉川英治文学新人賞、92年『受け月』で第１０７回直木賞、94年『機関車先生』で第7回柴田錬三郎賞、２００２年『ごろごろ』で第36回吉川英治文学賞をそれぞれ受賞。

●16年紫綬褒章を受章。

●作詞家として『ギンギラギンにさりげなく』『愚か者』『春の旅人』などを手がけている。

●主な著書に『白秋』『あづま橋』『海峡』『春雷』『岬へ』『美の旅人』『羊の目』『スコアブック』『お父やんとオジさん』『浅草のおんな』『いねむり先生』『なぎさホテル』『星月夜』『伊集院静の「贈る言葉」』『逆風に立つ』『旅だから出逢えた言葉』『ノボさん』『愚者よ、お前がいなくなって淋しくてたまらない』『無頼のススメ』『東京クルージング』『琥珀の夢』『日傘を差す女』『大人のカタチを語ろう。』『作家の贅沢すぎる時間』『いとまの雪』。

初出　「週刊現代」２０１９年9月7日号〜２０２１年2月13日号
単行本化にあたり抜粋、修正をしました。

N.D.C. 914.6　190p　18cm
ISBN978-4-06-523061-9

ひとりをたのしむ　大人の流儀10

二〇二一年三月三日第一刷発行

著者　伊集院静　©Ijuin Shizuka 2021
発行者　渡瀬昌彦
発行所　株式会社講談社
東京都文京区音羽二丁目一二―二一　郵便番号一一二―八〇〇一
電話　編集　〇三―五三九五―三四三八
販売　〇三―五三九五―四四一五
業務　〇三―五三九五―三六一五
印刷所　凸版印刷株式会社
製本所　大口製本印刷株式会社
定価はカバーに表示してあります　Printed in Japan